因為不是真正的夥伴而被逐出勇者隊伍，流落到邊境展開慢活人生4

Banished from the brave man's group, I decided to lead a slow life in the back country.4

ざっぽん

插畫／やすも

Kadokawa Fantastic Novels

露緹藉由加護賦予的強大力量，
劃圓似的揮出
迅捷凌厲的一劍。
「武技：『大旋風』。」

「……竟有這般本事。」

CONTENTS

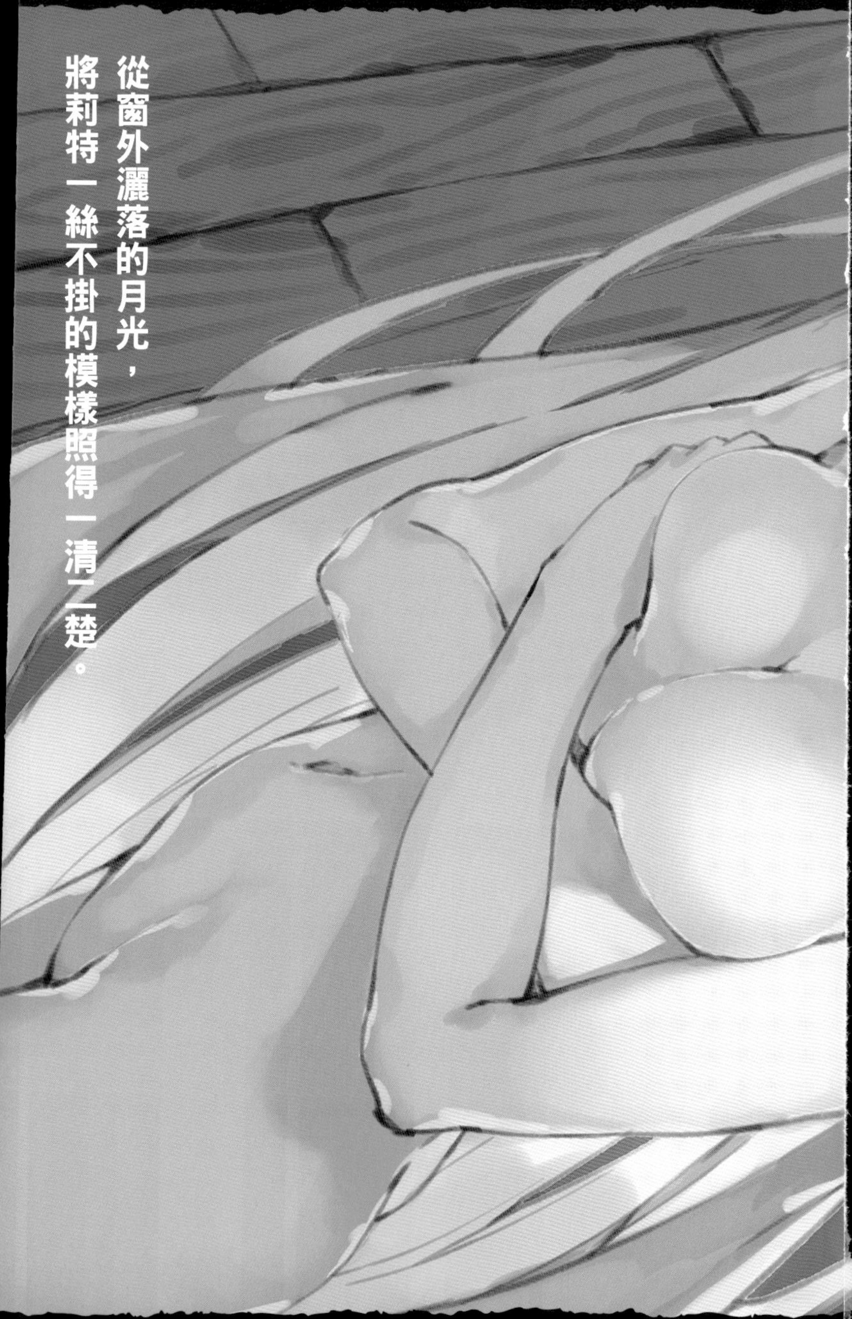
從窗外灑落的月光，
將莉特一絲不掛的模樣照得一清二楚。

「好害羞喲……」

露緹與莉特
再次回頭看向後方，
戀戀不捨地眺望在空中飛舞的白雪。

ざっぽん
插畫／やすも
因為不是真正的夥伴
而被逐出勇者隊伍，
流落到邊境展開慢活人生4
Banished from the brave man's group, I decided to lead a slow life in the back country.
Kadokawa Fantastic Novels

CHARACTER

雷德
（吉迪恩・萊格納索）

因為被踢出勇者隊伍而決定到邊境展開慢活人生。曾立下許多戰功，是除了勇者以外最強的人族劍士。

莉特
（莉茲蕾特・渥夫・洛嘉維亞）

洛嘉維亞公國的公主，過去曾與雷德等人共同冒險。出於種種因素，擅自跑來雷德的店和他一起生活。原本是傲嬌，但傲期已經過了。

錫桑丹

魔王軍的將軍，過去殺害了莉特的師父。化身達南的樣貌接近艾瑞斯。與魔王同族的阿修羅惡魔，具有特別的地位。

露緹・萊格納索

雷德的妹妹，體內寄宿著人類最強加護的「勇者」。以前很黏哥哥，總像跟屁蟲跟著哥哥到處跑，雷德也很寵愛露緹這個可愛的妹妹。

艾瑞斯・史洛亞

擁有「賢者」的加護，是人類最頂尖的魔法師。把雷德踢出隊伍的始作俑者。為了振興沒落的公爵家，成為勇者的夥伴。

媞瑟・迦蘭德

擁有「刺客」加護的少女，是艾瑞斯帶來取代雷德的隊友。雖然面無表情，但其實是全隊最有常識的正常人。養了一隻名叫憂憂先生的小蜘蛛。

蒂奧德萊・狄費洛

擁有「十字軍」的加護，是人類最頂尖的法術師，同時也是聖堂騎士流槍術的代理師範。個性克己禁慾，擁有武人氣質。對雷德的能力給予高度評價。

達南・拉博

擁有「武鬥家」加護的壯碩肌肉男。過去曾是道場主人，但所待的城鎮遭到魔王軍消滅。不過，其豪爽的個性讓人察覺不到這段昔日陰霾。

亞爾貝・利蘭德

在惡魔加護事件中敗給雷德的前佐爾丹英雄。過去非常崇拜勇者露緹，目前正與勇者的隊友蒂奧德萊一同行動。

序章
賢者的啟程

初見「她」時，我有生以來第一次體會到心跳加速的感覺。

在這個褪色的世界中，「她」是那麼光彩耀眼。只有「我」，才看得出這一點。因為「我」是「賢者」，而「她」是「勇者」。

如同前任勇者那般，與「勇者」同在即為「我」的宿命。

當時的情景至今依然歷歷在目。

我那時候正在王都規劃今年要發給各公會的補助金預算。這個工作雖然重要，但與「賢者」並不相稱。

當時對上魔王軍屢戰屢敗，僅剩巴哈姆特騎士團精兵勉強支撐著前線防止潰敗。

當然，大部分預算都該用在軍備上，分配給公會的補助金必須壓到最低額度才行。這種連小孩子都懂的道理，那些公會的無能之輩卻對我威逼利誘，千方百計地要我提高補助金。

真是一群無藥可救的蠢貨。身為「賢者」的我，人生就這樣白白浪費在那些傢伙身上，實在難以忍受。

「艾瑞斯閣下。」

當我正在為決定預算案的會議製作資料之際，部下的呼喚讓我停住了手。

我嘆口氣，並且放下筆。

「有什麼事？如果是公會找我，就以我正在跟別人會面為由拒絕他們。」

公會那些人一天到晚跑來找我。

國難當頭，那些無能之輩為何還能如此囂張妄為？這個問題就連身為「賢者」的我也百思不得其解。

「並不是公會的人，是巴哈姆特騎士團副團長萊格納索爵士請求會面。」

「萊格納索爵士……喔，那個加護很奇怪的。」

「他的加護很奇怪嗎？」

部下這麼問道，不過隨意談論他人加護這種行為不太有禮貌，而且解釋起來也相當麻煩。

我用手示意他把人帶過來，然後朝接待室走去。

「不過，沒想到是萊格納索爵士啊……這個僅限一代的暴發戶貴族有什麼事？」

萊格納索爵士以巴哈姆特騎士團副團長的身分受封貴族，不過那只是沒有繼承權的一代貴族。

身為公爵家嫡長子的我，沒必要對從平民發跡的萊格納索爵士卑躬屈膝。當我一邊思考這種事情一邊在接待室等候時，萊格納索爵士和一名面生的藍髮少女很快就來了。

那名少女表情陰鬱，我起初還以為是萊格納索爵士的奴隸。

「幸會，史洛亞閣下。我是吉迪恩．萊格納索。」

萊格納索爵士面帶笑容伸出了手。

儘管對方是暴發戶，但畢竟是騎士，不跟他握手並不是好主意。

我不情願地堆起笑臉，回握住他的手。

「幸會，萊格納索爵士。今日前來有何貴幹？」

「在說明來意前，我先介紹一下我妹妹。」

「妹妹？」

我以為是奴隸的少女，看來是萊格納索爵士的妹妹。

然而，我並不曉得萊格納索爵士還有個妹妹。

「我是露緹．萊格納索。」

少女面無表情地報上露緹這個名字。

「我妹妹是在鄉下長大的，失禮之處還請見諒。」

萊格納索爵士這麼說完，向我彎腰鞠躬。

雖然這傢伙是暴發戶，卻是年紀輕輕就當上巴哈姆特騎士團副團長的人物，不僅很受歡迎，想拉攏他加入自家派系的貴族巨賈也多不勝數。

既然這個萊格納索爵士有妹妹，應該會被強行送進社交圈吧？難道是寄宿在身上的加護有什麼問題嗎？

「我想請身為『賢者』的史洛亞閣下幫個忙。」

「幫忙？我本身也是忙得抽不開身喔。」

「這一點我非常明白。但是，這件事能夠讓史洛亞閣下為王國做出巨大的貢獻……也就是立功的好機會。」

「立功？」

我對忍不住反問回去的自己感到火大。萊格納索爵士……不，他還有個妹妹，這樣稱呼很容易混淆，叫他吉迪恩或許比較好吧。

我詢問過後，吉迪恩帶著笑容回答：「無妨。」

這男人充滿自信地笑了笑。

「事實勝於雄辯，還是親眼見識比較快。能不能請你對我妹妹施展『鑑定』呢？」

「『鑑定』嗎？」

這世上存在著無數加護，其中只有「賢者」與「聖者」可以使用「鑑定」技能。

這個技能非常實用，專門用來看穿對方的加護。

「為什麼我非得為了你們使用技能不可？」

「因為我妹妹的加護值得你這麼做。」

我集中精神，凝視著少女的紅瞳。

而「她」，就在那裡。

「這……！」

那光芒令我折服。「她」是如此美麗且高貴。

這種感覺大概只有具備「鑑定」技能的人才懂，其實加護是有形狀的。

像「戰士」和「盜賊」這種常見加護的形狀，就如同河岸上的小石子一般無趣。

「賢者」和「十字軍」這種高等加護的形狀，就如同工匠雕琢過的寶石一般美麗。

至於「她」的美……那無以名狀的極致之美，彷彿是神明一時興起才會奇蹟似的現身於人間。

那種美，絕對不是凡人之手所能形塑出來的。

「她」的名字是「勇者」。

有生以來，我第一次對「賢者」以外的加護產生了憧憬。

「史洛亞閣下。」

吉迪恩喚回被「勇者」迷住心神的我。

我憑著毅力將視線從「勇者」身上移開，並停止發動「鑑定」。

「……的確，這對我來說是相當重要的際遇。」

「我想請史洛亞閣下為我妹妹的加護作證。」

「讓我當『勇者』的證人？」

「我想即使有史洛亞閣下的證詞，恐怕也無法取信於王宮吧。但是，今後要以『勇者』的身分應戰的話，必須讓國王認可她是『勇者』。」

「不錯，今後打算對抗魔王軍作戰的話，那就一定要找到能夠出借軍隊的靠山。如果國王願意保障這部分的兵力是再好不過的了。」

「賢者」的「鑑定」能夠調查加護的內容。

然而，除了身為「賢者」的我以外，沒人能夠證明這個情報的正確性。

傳奇的「勇者」再度降臨。

若要得到國王的認可，不止需要我的證詞，也需要她身為「勇者」的功績。

「原來如此，『賢者』寄宿在我身上是具有這層含義的嗎？」

「嗯？」

「沒事，我在自言自語。」

我的低喃聲讓吉迪恩感到疑惑，但沒必要理睬他。

「好的，『勇者』露緹。我『賢者』艾瑞斯非常樂意提供助力。」

我終於找到了人生的目標。

神明授予我「賢者」的加護，正是為了讓我協助這位「勇者」，這一點無庸置疑。

「這樣啊！能得到史洛亞閣下的助力，真是打了一劑強心針。」

「叫我艾瑞斯就好。」

這次是我主動伸出手。

「吉迪恩，有勞你將『勇者』引導至這裡了。」

「嗯？」

吉迪恩微微皺眉，似乎聽不懂我的意思。

他已經完成他的使命，接下來輪到我完成自己的使命了。

我是「賢者」艾瑞斯。

與「勇者」一起導正世界之人。

從今天起，我將展開我真正的人生。

第一章 遭到踐踏的慢生活

佐爾丹平民區——

「賢者」艾瑞斯心懷憎恨地抬頭看著雷德&莉特藥草店的招牌。

「吉迪恩，你把『勇者』帶到這種窮酸小店究竟有何企圖？」

艾瑞斯和化作達南模樣的阿修羅惡魔錫桑丹一起來到雷德&莉特藥草店前。

一路追蹤著利用飛空艇離開的露緹，艾瑞斯終於來到了這裡。

雖然跟契約惡魔締結與「勇者」並肩作戰契約的亞爾貝，以及借用達南樣貌接近他的錫桑丹都有出一份力，但最大的功臣應該還是艾瑞斯對於「勇者」的那份執念。

然而，露緹並不在這裡。她為了讓鍊金術師戈德溫製作自己要用的惡魔加護，目前正待在山上的古代妖精遺跡。

化名雷德的吉迪恩也不在。他現在正和真正的達南一起前往遺跡拯救露緹。

艾瑞斯想像中的企圖當然是不存在的。

雷德作夢也沒有想到露緹會跑來佐爾丹。

艾瑞斯雖然執念很深，但對露緹和雷德的事一點也不了解。

他伸手觸碰店門後，鐵鎖就化成細沙從門縫間流出。

對於身為高等級「賢者」的艾瑞斯而言，用魔法悄無聲息地破壞一般門鎖並非什麼難事。

他毫不客氣地闖入雷德與莉特居住的店裡。

店裡空無一人。他覺得可能有密室，於是把整個家翻得亂七八糟，但顯然連人的氣息都沒有。

只不過，雷德和莉特一起買的餐具、史托姆桑達做的胡桃木雙人床、雷德為防藥品庫存不足而記錄的佐爾丹流行病筆記、製作過許多藥品的調合工具、莉特和露緹吃著美味餐點的客廳、烹飪那些餐點的廚房，以及雷德和莉特用來賣許多藥品給佐爾丹居民的店舖……

艾瑞斯毫不遲疑地全都翻了一遍，隨意把東西扔到地上，到處破壞踐踏，即使如此還是一無所獲，他煩躁地在家中來回踱步。

「混帳！」

他咒罵著，又懷疑被單裡可能藏著什麼，便用小刀把床割得殘破不堪。

錫桑丹見狀，饒有興味地用達南的臉扭起嘴角。

「所以你大搞破壞一番，結果這個地方一點線索也沒有啊。」

「閉嘴！」

艾瑞斯吼道。看到他那怒氣衝天的模樣，錫桑丹聳了聳肩。

「吉迪恩已經去找勇者大人了吧？」

「你有什麼根據……」

「哪需要什麼根據，你不是推測勇者大人發現雷德就是吉迪恩才會來到佐爾丹嗎？既然如此，理所應當要認為勇者大人是和吉迪恩一起行動的吧？」

「……哼。」

艾瑞斯野蠻地踹開門，往外面走去。

錫桑丹打算跟上，但離開前又環顧了一次店內。

藥櫃被粗暴地撬開，裡頭的藥品散落一地。放在中央的天使像也倒下，翅膀的部分破裂毀損。

真是悲慘的景象。雷德與莉特曾在這裡度過許多歡笑的時光，享受他們在佐爾丹的生活。這個地方是兩人慢生活的象徵。

「嗯。」

看到這副慘況，吉迪恩會作何感想？

「人類這種生物還真有意思啊。」

而想到破壞這一切的艾瑞斯是曾經和吉迪恩一起旅行的夥伴，身為阿修羅惡魔的錫桑丹便對人類這支種族燃起了更強烈的興趣。

＊　＊　＊

「錫桑丹還活著？」

雷德忍不住反問道。他和達南正在溼原中的官道上奔跑著。

「是啊，吞掉我右臂的傢伙，毫無疑問就是之前在洛嘉維亞交過手的阿修羅惡魔錫桑丹。」

「可是，那傢伙被我們幹掉了吧？」

而且確定是身首分離。

雖然沒時間回收軀體，不過莉特把他的首級帶回洛嘉維亞，獻給國王作為替蓋烏斯報仇雪恨的證明。

聽說在那之後他的首級還被懸掛示眾一陣子，最後才埋進墓地裡。

「該不會是同族兄弟之類的吧？」

「不是，我不會忘記交過手的對象。那個身姿和劍法無庸置疑就是錫桑丹。」

達南似乎很肯定襲擊自己的是錫桑丹。

既然他都說到這個分上了，那應該不會有錯吧。

「唔，關於暗黑大陸和惡魔還有很多未知的部分……難道他們能復活死者嗎？」

「你都不知道了，我更不可能知道吧。算啦，你別太在意，這沒什麼大不了的。反正他復活一次，我就幹掉他一次啊。」

說完，達南豪爽地放聲大笑。

眼前有一名衛兵騎馬走來，我們從他身旁跑了過去。

當衛兵急忙安撫被嚇得抬起前腳的馬時，我們已經跑得很遠了。

不過，其實我已經配合達南降低了不少速度。

「達南你也有疲勞抗性嗎？」

「『武鬥家』的技能啊。」

通用技能必須練到專精才能得到疲勞抗性，但固有技能直接就能獲得。固有技能果然就是厲害。

我們以普通人很快就會喘氣的速度持續奔跑著。

「喂，吉迪恩！」

「……！」

這時，我們感受到來自上空的壓迫感，於是立刻趴進溼原的草叢裡，再抬頭看向天空。只見一頭龍飛過了遙遠的上空。

「那是精靈龍（Spirit Drake）嗎？」

「如果是精靈龍，那就是有人召喚的嘍？」

「但我不覺得佐爾丹有人會施展召喚龍的高等魔法。」

召喚龍在召喚系魔法中是最頂級的高等魔法。

別說佐爾丹，就算是中央的大都市也沒有這樣的人才。

「方向是……喂，不會是往你說的勇者大人所在的山飛去了吧？」

「嗯，有可能。到底會是誰啊？」

對方是走空路。

空路不同於溼地中的蜿蜒官道，能夠以直線距離前進，就算目的地相同，移動距離卻是天差地別。

「吉迪恩，你別管我了，全力往前衝吧。我也會儘快追上的。」

「抱歉了。」

「你留心些，要是以為邊境沒人打得過我們就太危險了。我老覺得脖子後面涼颼颼的，在對上強敵之前都會這樣。」

我碰觸腰間銅劍的劍柄。

「像我這麼弱的人，根本不會有那種想法。」

這種寒酸的銅劍也砍不了多少對象。

「我只會盡我所能而已。如果遇到強敵我會躲起來，你可要快點跟上啊。」

說完，我笑了笑，然後聚力於雙腿全速衝刺起來。達南的身影瞬間變成後方的一個小黑點，接著消失不見。然而，天上那頭精靈龍的速度快得驚人。

「看來不是一般的精靈龍啊，身上可能施加了強化移動速度的魔法。」

單純比直線速度的話，我應該跟對方不相上下，但我走的是陸路。

轉彎時必須減速，要是道路泥濘更會一口氣拉低速度。

「露緹應該不會有事才對。」

露緹遠比我強太多了，沒什麼需要我擔心的。

但是，一想到眼前這個來歷不明的對象正在朝露緹所在的山中飛去，我還是沒辦法平心靜氣。

跑了一會兒後，我看到在前方奔馳的兩頭走龍。

「嗯，追上了啊。」

即使隔著遙遠的距離，我也不會看錯莉特的背影。

「莉特！媞瑟！」

「雷德！」

走龍興味盎然地探頭看著和牠們比肩而行的我，「咕嗚」地叫了一聲。

水精靈和風精靈飄浮在牠們周圍。

我沒有能夠解析魔法的技能和魔法，所以這只是我的推測；水應該是用於治癒疲勞，風則是用於提升速度。她們果然是用魔法來趕路啊。

「莉特，妳看到天上那頭精靈龍了嗎？」

「嗯，看到了。可是佐爾丹並沒有會施展那種召喚魔法的人，就連前任B級隊伍的『大魔導士』米絲托慕大師也不會。」

莉特身為佐爾丹最強的前冒險者，對這個城市的強者瞭若指掌，既然她這麼說就不會有錯。

「是外來者嗎？」

不止是達南，加護等級與我們匹敵的高手也來到了佐爾丹，這會是巧合嗎？

「啊，對了，達南等等也會跟上。」

「達南？」

莉特驚呼了一聲，媞瑟也睜大眼睛。

「雷德，你遇到達南了嗎？」

「是啊，在港口遇到的。他好像是來找我的。」

聽我這麼說，莉特猶豫了一會兒才又開口說：

「這樣啊……對不起，其實我也遇到他了。」

她略微垂眸這麼說道。

「妳遇到了達南？」

「嗯，他說是來帶你回去的。但他看到你過著寧靜的生活就決定當作沒看到，而且要我別把他來這裡的事情告訴你。」

達南這麼說？那傢伙才不會說這種話。

他可是個頭腦簡單的熱血行動派，沒辦法理解寧靜生活就是幸福這個概念。

我猜他可能會毫不猶豫地說：「既然一起生活很快樂的話，那一起去討伐魔王不就得了？」

對他而言，構成幸福的要素裡並沒有寧靜生活這個部分。

他就是這種類型的人。再說……

「妳是什麼時候遇到他的？」

「這個嘛，一開始是在調查惡魔加護的生產據點所在處時遇到他的……」

這不合理。達南說他是今天才到佐爾丹的。

達南不可能在那個情況下撒謊，但莉特也沒道理這時候騙我。

「莉特，那個達南有沒有哪裡不太對勁？」

「哪裡不太對勁？沒什麼特別的耶……不過，我和達南很少有交流，所以我也看不出來就是了。」

我找莉特一起突破幻惑森林的時候，蒂奧德萊和達南留下來防衛洛嘉維亞，因此莉特和達南沒怎麼聊過天。

……儘管沒怎麼聊過天，但也不可能忽略掉現在的達南和以前的達南之間有極大的差異。

「那個達南雙臂健全嗎？」

「咦？我不懂這個問題的意思……」

「就是字面上的意思。他的右臂和左臂都健在嗎？」

「嗯，對。」

「請問是怎麼回事？」

媞瑟也歪著頭，不懂我為何這麼問。

「我見到的那個達南，右手肘以下的部分都不見了。」

「達南先生斷了一條胳膊？究竟發生了什麼事？」

「可、可是我見到的達南右手臂還好好的呀……」

「……莉特，接下來要講的事情妳會驚訝也在所難免，而且我其實也還沒弄清楚來龍去脈。」

「我已經很驚訝了！」

「達南他……好像是被錫桑丹吞掉了右臂。」

莉特的身體僵住了。

察覺到騎手的混亂，走龍困惑地想要停下腳步，我便拉起韁繩催促牠就這樣前進。走龍那雙黑眸不安地注視著我，但還是順從地繼續奔跑。

「這不可能！我很確定錫桑丹當時已經死了！」

「沒錯，錫桑丹的首級都被妳帶回去了，照理說正埋在洛嘉維亞的大地裡才對。」

對莉特而言，錫桑丹是殺害師父的仇人。本來已經報仇雪恨的對象竟然還活著，想必她難以接受這種事情。

莉特臉上有一瞬間燃起憎恨的怒火。

「錫桑丹……我記得是露緹大人在洛嘉維亞交戰過的阿修羅惡魔吧？」

聽到媞瑟這麼問，我點了點頭。

「我也還沒見到他，只是從達南那邊聽說的。」

「有沒有可能是哪裡搞錯了？」

「不曉得。不過達南不會忘記交過手的對象，既然他都那麼說了，我覺得可信度相當高。」

我們沉默著跑了一會兒。

「那我看到的達南是……」

「八成是錫桑丹吧。他吞掉達南的右臂後，變成了達南的模樣。」

阿修羅惡魔是這世上唯一沒有加護的種族，關於他們的能力有許多未解之謎。

過去在洛嘉維亞公國的戰役中，錫桑丹曾吃掉身為莉特師父的近衛兵長蓋烏斯，化身他的模樣潛入國家中樞。

而他這次也使用了相同的能力。

「要是我早點告訴你就好了……就算是冒充的，你一定也能看穿。這樣的話，我……立刻就能──」

「去砍了他嗎？」

「……嗯。雖然我不打算繼續當冒險者，但那傢伙另當別論。」

我也能感受到莉特內心的矛盾。她想要繼續和我一起開店，想要好好珍惜我們的日常，這份心情絕不虛假。

然而，仇敵是另外一回事。除了她的師父之外，錫桑丹也欺騙並殺害了許多信賴著莉特的近衛兵隊士兵及洛嘉維亞冒險者。

「……不知道那是不是錫桑丹搞出來的把戲。」

視線前方是飛翔於空中的精靈龍，正逐漸拉開與我們之間的距離。

「如果錫桑丹在的話，我就跟妳一起應戰吧。如果那是別人，而錫桑丹還在佐爾丹的話，我也會跟妳並肩作戰。這次一定要為蓋烏斯報仇。」

「可是你……」

「我確實已經下定決心不再為了世界而戰。」

我之所以參戰，是因為看到了莉特難受的表情。

比起回去繼續拯救世界的旅程，我選擇和莉特一起生活。

如此一來，比起去找錫桑丹報仇，自己是不是也該選擇和雷德一起生活而忘掉這一切呢？莉特如此思考，為無法做出選擇的自己感到痛苦。

「既然妳必須戰鬥，那我也願意再一次挺身應戰。我們的慢生活並不是一種束縛，不，應該說不能讓它成為一種束縛。妳不需要為了避戰而把自己弄得很痛苦。」

「……對不起。」

莉特眼中稍微泛起淚光後，斂起了表情。

「見到錫桑丹的話，我會再當一回英雄莉特。」

她用帶著決心的眼神緊盯上空的精靈龍。

「謝謝你，我已經沒事了，你先走吧。」

「好，我明白了。」

我在腳上凝聚更多力勁。接下來的路況會隨著接近山而變差，跑速也會跟著下降。那頭精靈龍是追不上了，不過抵達時間應該只會差十分鐘左右。

「莉特和媞瑟也要小心啊。」

我進一步提升速度後，走龍們嚇了一跳，然後不服輸地試圖加速，但還是很快就被我甩在了後方。

「嘎啊！」

一邊聽著走龍不甘心的吼叫聲，我一邊火速趕往露緹的所在之處。

第二章 勇者露緹的任性

我來到佐爾丹之後經常上山採藥草，這座山對我來說就像自家後山一樣。不過，我這次一反常態，先去了一趟山腳的聚落。

這個村子也有提供上山採藥草的冒險者們住宿的旅館，但主要生活在這裡的還是樵夫們，他們專事生產在溼地遍布的佐爾丹極為寶貴的木材。

我不想浪費時間，於是一邊把四分之一佩利銀幣遞給聚集起來的村民，一邊快速詢問他們是否有看到龍。

「往那邊飛走了。」

「那邊？」

這麼告訴我的少年，年紀看起來大概明年就可以和父親等人一起從事伐木工作。他指的方向並不是山，而是旁邊的森林。

「謝謝你。」

把銀幣遞給少年後，我便離開了村子。沒記錯的話，那邊好像是露緹藏飛空艇的地方吧？媞瑟當初是這麼說的。

聽說飛空艇上了鎖，只有媞瑟才能發動，但未知的部分還很多。搞不好魔王軍的爪牙知道怎麼解鎖，正準備去奪走飛空艇。

「畢竟飛空艇本來就是暗黑大陸的技術，魔王軍理所當然比媞瑟更了解。」

該先去露緹那裡，還是去停放飛空艇的森林？

我猶豫片刻，決定還是先去露緹那裡。

因為我覺得露緹自身的問題比爭奪飛空艇還要重要。

我繼續在山中前進，目標是位於奇美拉棲息地的古代妖精遺跡。

＊　＊　＊

「怎麼樣，達南？看看這艘氣派的飛空艇。有了這個就不用擔心魔王軍的海上封鎖，可以直接飛往暗黑大陸。我們的勝利指日可待。」

艾瑞斯自豪地將一行人的冒險成果告訴達南。

「是不錯，不過露緹好像不在這裡耶。」

「的確。但知道飛空艇在這裡就是一大收穫了。趁現在布下結界，防止其他人靠近這裡吧。萬一這艘飛空艇被搶走就麻煩了。而且只要有了結界，露緹一靠近飛空艇我就會知道。」

艾瑞斯迅速著手布下結界。儘管連日施展魔法導致他精疲力竭，他還是召喚出精靈龍，甚至布下足以覆蓋住整艘飛空艇的結界。

他真不愧是世界最頂尖的「賢者」，魔力之強連上級惡魔都無法與之抗衡。錫桑丹發自內心對此感到佩服。

（加護不會賦予知識和判斷力。這一點就是這個男人的悲劇吧。）

縱然艾瑞斯比雷德還快抵達這座山，卻因為他的選擇而導致他慢了一步才到遺跡。

這個差別將會影響到後來的結果。

＊　＊　＊

我沿著山路來到奇美拉的棲息地。奇美拉們如同以往只敢在遠處圍觀，沒有向我發動攻擊。

這次沒像之前那樣遇到被奇美拉糾纏的新手冒險者，我一路抵達遺跡。

我在被森林吞沒、樹根與藤蔓縱橫交錯的遺跡中前進。

天花板和地板都是用某種未知的硬質物體打造而成，並非光滑的鐵面或石面，在古代妖精遺跡以外的地方都看不到這種材質。

我以前大略調查過這裡。雖然因為防衛裝置還在運作而沒有進去內部，不過相較於中央的遺跡，這座遺跡更帶給人一種莊嚴偉岸的感覺。

我查閱過不少古代妖精的相關文獻。

學者們認為，每座古代妖精遺跡都有其明確的目的。某方面來說，這也是理所當然的事情。

我親眼見過王都附近那座封印著勇者之證的遺跡。艾瑞斯和露緹當時恐怕都沒有注意到……其實那並非封印。

那座遺跡是在「生產」勇者之證。

露緹得到的勇者之證不是前任勇者使用過的舊物，更不是自古流傳下來的遺物。

勇者之證是全新的道具，與前任勇者使用過的勇者之證產自同一座遺跡。

平時會跑進這裡的奇美拉全都不見蹤影。

大概是露緹解決掉幾隻後，奇美拉牠們便判斷這裡很危險吧。我繼續前進，接著看到一道破了個大洞的門。

「明明啟動裝置就能打開了啊。」

露緹應該是強行撬開的吧。對她來說，這麼做確實最有效率，但這種蠻橫的做法讓我不禁露出了苦笑。

露緹的腦筋絕對不笨，如果她認真調查這道門上的裝置，一定看得出開門的方法。只能說露緹也有相當馬虎的一面。

我穿過門繼續走，便看到前面裂開一個巨大的黑洞。

照常來說，這裡應該有升降裝置才對……

「什麼都沒有啊。」

看來和媞瑟說得一樣，是被露緹破壞掉了。

除了跳下去之外別無他法。

「好……雜耍技能專精：平緩著地。」

我接觸體內的加護發動技能。有這個技能的話，只要手腳能及的範圍內有壁面之類的東西就可以用來減速，無論從多高的地方都能以安全的速度降落。

我之前在畢格霍克的宅邸也用過這個技能。從上方探頭一看，只看到升降裝置裡面似乎很暗。我從腰包裡拿出照明棒，這是長約三十公分的黃銅細棒。

我用照明棒的前端敲了敲地板後，隨著「啵」的一聲輕響，黃銅不帶熱度地燃燒起來，如同火把一般的光芒照亮了四周。

照明棒是施加了特殊魔法的便宜魔法道具，一支只要2佩利。這種消耗型照明器具只要給予衝擊就能持續發出十小時左右的光芒。

雖說便宜，但價格也相當於一百支火把，只是點亮的方式很簡單，點亮後在持續時間內刮風遇水都不會熄滅，也不會引燃周遭的東西，所以經驗豐富的冒險者身上隨時都會帶幾支照明棒。

我蹬了好幾次壁面減速，在漆黑的垂直洞穴中下降。

光憑左手照明棒的亮度終究不可能照得到洞穴最深處，清晰可見的距離頂多就二十公尺左右。再往下只能看到幽暗的影子，要不就是一團漆黑。

儘管我在途中不斷減速，但畢竟是高速降落，這種行為相當耗費精神。就在我覺得應該下降了幾百公尺的時候，終於看到腳下有升降裝置的殘骸。

我找到一塊可以著地的地方，蹬了一下壁面後降落在那裡。

「呼。」

雖然有技能，但從這麼高的地方跳下來還是有點累。就算我有疲勞抗性，磨耗精神的行為一樣會令身體感到疲憊。

然而，現在沒空休息，遺跡的地底看似四處都有照明，不過大部分依然籠罩在黑暗之中。

我將照明棒插在腰帶上，朝深處前進。

來到地底之後，地面上那種類似藤蔓攀附壁面的植物都消失不見。

通道上的地板上不時會出現古代妖精防衛兵器的殘骸，八成是被露緹破壞掉的。光是把這些東西帶回去賣掉，就能抵掉我開幾十年藥店賺的錢。

不過，佐爾丹大概沒有收購這種高價品的店家。

「記得媞瑟說，她們是讓戈德溫在有床鋪等家具的西南區製作惡魔加護。」

露緹應該會在那裡吧。

我拿出指南針確認方位，往遺跡更深處走去。

話說回來，為什麼古代妖精要在這種地下深處建造如此巨大的設備呢？

我走著走著，途中看到牆壁上掛著用黏土做的板子，材質明顯和周圍不同。

「這不是古代妖精的文字，而是木妖精的文字吧。」

木妖精是毀於前代魔王之手的種族。

岡茲他們那些半妖精據說就是木妖精與人類的混血後裔。

因此，不同於古代妖精的文字，木妖精的文字幾乎都已經解讀完畢。

「勇者管理局？」

這是什麼意思?木妖精們潛入古代妖精的遺跡本就莫名其妙，而在這裡放置寫著這種詞彙的黏土板更令人不解。

「而且這前面不是宿舍區嗎?」

媞瑟說每個房間都設有床鋪，所以這前面應該是古代妖精們留宿時使用的房間……這是我的推測。雖然不曉得這座遺跡本身的功用是什麼，但理應在其他房間，這前方只有一般的房間而已。

在這種地方設置黏土板有什麼意義?

「……算了，想這個也無濟於事。」

現在最要緊的是和露緹會合。

我忽略湧現的疑問與好奇心，趕往露緹的所在之處。

媞瑟只口頭告訴我鍊金術師戈德溫製藥的房間位置。古代妖精遺跡的宿舍區格局整齊劃一，要從中找出那個房間得花一點心力。

「是這間吧。」

我花了些時間才找到。莉特她們現在應該也差不多開始上山了吧。我打開古代妖精遺跡很常見且莫名笨重的拉門。

「噢!」

房內飛來一個玻璃瓶。我向前一撲，閃掉那個瓶子。

下一瞬間，瓶子「砰」的一聲爆炸了。

綠色黏液灑向四周，但這時候我已經衝進房間，舉劍對準鍊金術師的脖子。

「你、你是那個藥商！是來抓我的嗎！」

「喔，我不是來對付你的。」

「用劍指著人講這種話不心虛嗎！」

「還不是因為你對我丟炸彈。而且我若是來對付你的，你的脖子早就被刺穿了。」

戈德溫手裡還握著一顆黏性炸彈。

我們對峙了一下子後，他慢慢放下了手。

配合他的動作，我也慢慢將劍從他的脖子旁移開。

「抓住你的那個女生在哪裡？」

「怎麼，你這個藥商是來找她的嗎？算了吧、算了吧。雖然被你砍過的我最清楚你有多強，但你是打不過她的。」

「你好像誤會了，我和她認識。」

戈德溫一臉意外。

「不止英雄莉特，你跟那女的也有關係嗎？藥商，你究竟是何方神聖？」

「只是個藥商啊。不說這個了，她人呢？」

「我哪知道。應該在遺跡的某個地方吧？」

想在這座遺跡裡找到露緹的話，又得耗費一番心力了。

「…………」

要把她喊過來嗎？可是我下意識不想這麼做。露緹大概沒有料到我會在這裡，若察覺到惡魔加護和戈德溫逃獄的事傳到了我耳中，她恐怕會覺得很難過吧。

可以的話，我想當面告訴她那些事我一點都不在意。

「喂，戈德溫。」

「幹嘛啦？」

「你去把她叫過來。」

「我、我去？」

「大聲叫的話，以她的技能應該能聽得很清楚。」

「你去喊不就得了？我可不相信你喔。萬一你跟那女的是死對頭，害她以為我背叛了她，你打算怎麼負責啊？」

「你可以說我持劍威脅要殺了你啊。」

「我才不要咧。那女的讓我打從心底感到害怕。」

嘖，真麻煩。

「無論如何都不要嗎？」

「不要。」

「那就沒辦法了。」

我抓住戈德溫拿著炸彈的左手。

炸彈很危險，所以我把它搶過來放在地上。

「你、你想做什麼……」

戈德溫不安地試圖甩開我，但我牢牢地抓住他不放。

「放心，不會留下傷口的。」

「什、什麼傷口……你這傢伙！住手！」

他大概是發現我想做什麼了，於是驚慌地想要掙脫。

「對了，你還曾經害我的莉特身陷危機啊。」

「你、你也砍過我了，這樣算是扯平了吧！」

「那是替艾爾砍的。」

之前，莉特被這傢伙的黏性炸彈害得差點栽在追蹤惡魔手上。這算是順帶為當時的事情報仇。

「嘿。」

我固定住戈德溫左臂的關節，朝不能扭曲的方向輕輕一拉。

「噫呀啊啊啊啊啊啊啊啊！」

戈德溫承受不住痛楚，從喉嚨迸出響徹遺跡的慘叫聲。

＊　＊　＊

「混蛋……」

戈德溫坐在地上搓著自己的左臂，眼含怨恨地瞪著我，但我絲毫不在意。比起顧慮他，我更專注在豎耳聆聽朝這裡靠近的氣息。

戈德溫是製作惡魔加護必不可少的鍊金術師，露緹需要這號人物，所以只要她聽到剛才的慘叫聲……

就在這時，一道衝擊撞飛了門。只見少女的身影宛如閃電一般從空中的門影間竄過，用前傾的姿勢舉劍精準地直指我的脖子刺過來。

這有點類似我剛才用劍刺向戈德溫的動作，只不過速度和勁道都不是我比得上的。

然而，這一擊在碰到我的脖子前就停住了。

「哥哥！」

在我看來，露緹這時候流露的情緒，是身為勇者的她不可能會有的「膽怯」。

＊　＊　＊

我和露緹來到另一個房間。

戈德溫好像頗為震驚，不敢相信露緹會表現出那種態度。儘管如此，對露緹的恐懼依然深深烙在他的心底，露緹跟他說可以休息一下，他便乖乖照做了。

「哥哥……你怎麼會來這裡？」

露緹似乎把這個房間當作遺跡裡的歇腳處。

這裡和戈德溫的房間隔了兩條通道，比其他房間稍微寬敞一點。

古代妖精的技術固然比現代更加先進，不過房內家具等物品都早已風化，變得破舊不堪。

露緹和戈德溫似乎都把那些垃圾搬到其他房間，自己睡在組裝式的簡易床鋪上。戈德溫的房間還擺著調理器具、水和食品儲藏庫等物品，把環境整理得十分適合居住。

不知出於怎樣的原理，這座古代妖精遺跡的自來水設備也正常運作中。雖然要喝供給來源成謎的水會令人有些抗拒，但可以當作清洗身體之類的生活用水來使用。

戈德溫和露緹各自使用的房間旁邊的曬衣竿上都晾著洗好的衣物，呈現出與古代的浪漫有落差的生活感。

「哥哥？」

「啊，抱歉，只是很久沒來古代妖精遺跡的深處，覺得有點驚奇。」

「這樣啊。」

來談正事吧。

「露緹，事情我從媞瑟那裡聽說了。」

露緹的肩膀顫抖了一下，然後垂下頭，似乎在思考該說些什麼才好。

她可能是怕被我罵吧。

露緹至今都是作為勇者而活，絕不會做出接觸惡魔加護和幫助罪犯越獄的行為，更何況這種行為跟聖方教會的教誨「為人處世應當與加護相稱」完全背道而馳。

「對不起，我一直沒能為妳做些什麼。」

語畢，我深深彎下了腰。

「咦？」

「我從很久以前就在尋找抑制妳加護衝動的方法，但沒有告訴大家就是了。」

說完，我從腰包裡取出一瓶藥。

這是在畢格霍克事件中，我讓埃德彌服用的野妖精祕藥。

「這種藥也抑制得住加護的衝動，具有暫時降低加護等級的效果。可是，這個藥被視為一種毒，對『勇者』加護起不了作用。」

「為什麼？」

露緹只是感到困惑。

「哥哥不是一直想要拯救世界嗎？從小時候開始，你就不斷嘗試讓自己變強，還加入騎士團，幫助了許多人，而且也跟我一起踏上了討伐魔王的旅途。那只是少數幾人走遍各地，持續對抗魔王軍的絕望旅程。哥哥並不像我一樣非得幫助其他人不可，但你還是一路奮戰了過來。」

「……也對，我都沒有好好跟妳解釋過原因呢。」

露緹所選擇的討伐魔王之旅。

在旅途的初始，家鄉遭到魔王軍掠奪部隊襲擊，露緹想要獨自對抗獸人們的時候，我就已經陪在她身邊了。

後來有幾個人臨時成為露緹的隊友，也有人中途離隊，但從最初的戰鬥到和土之戴思蒙德的戰鬥為止，我都一直與她同行。

然而，在漫長的旅途間，我一直煩惱著該不該把我的真實想法告訴她；到頭來還是沒有跟她坦白，畢竟好意有時候會傷到人。

如果在旅途中得知我應戰的原因，露緹可能會對我的人生產生責任感。

「哥哥為什麼想要打倒魔王？」

露緹用那雙帶著幾絲不安的漂亮眼眸筆直地注視著我。

「我只是想保護妳而已。」

她微微睜大眼睛，內心受到動搖似的晃蕩了一下視線。

「從小就不停對付魔物也是這個原因？」

「我加入巴哈姆特騎士團也是如此。我希望自己變得夠強，可以在妳啟程之際保護好妳。」

「為什麼……？因為我是『勇者』嗎？」

「傻瓜，這還需要問嗎……因為妳對我來說是很重要的人啊。我知道妳總有一天會踏上旅途，所以只是在為那一天做準備罷了。所以，就算妳放棄當勇者，我也不會在意，更不會責怪妳。」

其實……若說沒有迷惘的話，那是騙人的。

我和勇者一起旅行這麼長的時間，因此心裡非常清楚。如果少了露緹，魔王軍造成的危害會進一步擴大。說不定……整個阿瓦隆大陸都會滅亡。

不強迫露緹當勇者就會帶來這樣的後果。

但我已經下定決心，即使如此也要站在露緹這邊。

「真的沒關係嗎？我丟下了大家，還幫助戈德溫越獄……而且想要放棄當勇者。就算這樣，哥哥也同意嗎？」

「我同意。」

「我可以耍任性嗎？比起世界要我做的事、加護要我做的事，我可以先去做自己想做的事嗎？」

過自己想要的（慢生活）人生。這對勇者而言，一定是不被容許的任性也說不定。

即使如此，我也不會否定露緹的意志。

「就像我的人生屬於我自己的一樣，妳的人生也屬於妳自己。」

露緹緩緩伸出雙手，放在了我的臉頰上。

凝視我的眼睛一會兒後，她用額頭抵著我的胸口。

「哥哥，我其實很任性，任性到根本沒資格當勇者。」

從這個角度，我看不到露緹的表情。

不過，她放在我臉頰上的掌心傳來了溫暖的體溫。

「就算這樣，我還是希望你不要討厭我。」

我將手覆在露緹的手上。

「露緹，妳永遠都是我心愛的妹妹喔。」

「謝謝，我也好喜歡哥哥。」

露緹用平穩的嗓音說道。

我想起小時候遇到暴風雨那天，我們緊緊依偎著彼此的事。

* * *

我叫做媞瑟，是勇者露緹大人的朋友。我和莉特追著先走一步的雷德先生，終於抵達了遺跡入口。

「……真是不爽。」

準備進入遺跡時，莉特小姐臉色凝重地說道。

「怎麼了？」

「山裡有人的氣息。」

「氣息嗎？」

莉特小姐擁有「精靈斥候」的加護，在大自然居多的環境下，探查氣息的技能似乎就會發動。

不過，冒險者會來這裡採藥草，附近村莊的居民也會來這裡伐木或打獵。

「那些人不會走到這麼深的地方。」

「氣息很近嗎？」

我轉頭看背後，那裡倒著我們剛才打倒的兩隻奇美拉。

的確，如果有人跑進這麼深的地方，想必是有一定實力的高手。

「應該吧，我掌握不到確切的距離。」

「會不會是那個召喚精靈龍的傢伙？」

「有可能，足跡怎麼樣？」

只要在大自然中，「精靈斥候」甚至能感知到遠處對象的氣息這種模糊訊息；相對之下，我的「刺客」則擅長使用追蹤技能，可以在群眾踩過的石路上找出特定足跡。

「進入遺跡的有露緹大人、戈德溫，還有雷德先生這三人，和我之前來的時候相比，只多了露緹大人和雷德先生的足跡。在我們來這裡之前，這一個月左右踏進遺跡的足跡除了雷德先生外，還有另一個人。」

「另一個人？」

「那個人好像調查過一次遺跡的上層，後來就再也沒來過了。」

雷德先生好像都是在遺跡入口往內一帶採集藥草，應該是因為適度的溼氣讓這裡生長著種類豐富的蕈菇和苔蘚植物吧。

憂憂先生看起來很喜歡這樣的溼度，牠從包包的縫隙探出頭，那雙宛如寶石般的黑眼睛閃閃燦亮。

「佐爾丹還有另一個想要調查這座遺跡的冒險者？」

我們朝遺跡深處走去。

前進的同時，莉特小姐似乎思索起那另一個人的事。

＊　＊　＊

我們來到戈德溫的房間後，戈德溫一看到莉特小姐就害怕得直往後退。

「放心吧，你確實曾經害我受傷，但我不會記恨，也沒打算報復你。」

「是、是我錯了。」

看到莉特小姐露出滿意的微笑，戈德溫瑟瑟發抖著。

莉特小姐見狀似乎感到很有趣，還故意把劍拔了出來。

這個人倒是滿孩子氣的。

「露露小姐在哪裡？」

在戈德溫面前，我和露緹大人分別化名媞法和露露。

我就算了，勇者露緹的名字太過有名了。

「那個人和藥商不知去哪了。」

「是嗎？」

那麼，還是追蹤足跡比較快吧。

幸好足跡很清楚。不過，若不是高等級的追蹤技能，恐怕辨識不出古代妖精遺跡的硬質地面上殘留的足跡。

準備離開房間時，莉特小姐回過頭。

「怎麼了嗎？」

莉特小姐打開腰間的道具箱，從裡面拿出唸誦指令詞就能創造黑暗的魔法短刀、縫在布料上的高消音性鎖子甲、破壞後會產生煙霧的發煙棒以及能夠發出聲音和光亮的雷石，將這些道具放在地上。

「莉特小姐！」

「戈德溫，雖然我不在乎你是死是活，但畢竟有人需要你這種人的助力。之後可能會有其他人入侵這座遺跡，那個人的實力不亞於我，甚至在我之上，想必你是打不贏對方的，到時就用這些道具來自保吧。」

「比、比妳還強的人？開什麼玩笑，帶我一起走啦！」

「我們也有很多事情要忙啊。可以會合的時候我們會立刻回來的。」

莉特小姐又放下一瓶蘊藏隱形(Invisibility)魔法的魔法藥水。

「這個也給你……但只是求個心安，對那種對手大概起不了作用。」

戈德溫一邊抱怨，一邊撿起地上的各種道具。

「拜託一下，我實在不想捲入你們這些英雄之間的鬥爭啊。」

「總比被處決好吧？」

莉特說完聳了聳肩，戈德溫則認命似的一屁股坐在地上。

他那副模樣散發著一股哀愁，令人不禁有些同情。

憂憂先生也抬起右手為他加油打氣。

＊　＊　＊

如果艾瑞斯沒有繞到飛空艇的停放處，而是直接上山的話，他或許就能在山中發現雷德並跟上去了。

然而他錯失機會，現在只能憑藉自己的魔法在山中探索。

「應該是在這附近才對啊。」

艾瑞斯煩躁地撓著自己的手臂一邊說道。

他的魔法是藉由亞爾貝的血找到露緹所在的方位。

滴在圓盤上的紅血會對亞爾貝的魔法產生反應，引向露緹的方位。不過，圓盤無法辨識上下方向。

露緹目前所在的位置是座落在地下的古代遺跡。

「為什麼！為什麼就是找不到！」

艾瑞斯毫不在意撓破流血的手臂，不斷如此大吼著。

看著他這副模樣，錫桑丹內心煩惱著接下來該怎麼辦。

錫桑丹現在化身而成的達南，在他的印象中是個頭腦簡單的男人。雖然沒能搶走記憶，但他假冒蓋烏斯潛入洛嘉維亞的時候，曾經和達南交談過幾次。

從艾瑞斯的態度來看，他確定這個印象並沒有錯。

他早已料到勇者露緹進入了古代妖精的遺跡。之所以找不到她，應該是她待在地底的緣故。

然而，化身成愚笨格鬥家（達南）的自己，這時候能主動獻策嗎？

那個名叫艾瑞斯的男人完全走投無路，甚至可以說思緒都停住了。

不過，阿修羅惡魔這支種族本質上就具備與人類、妖精及其他惡魔截然不同的價值觀和哲學。

錫桑丹至今為止也吞過許多人類、看過他們的記憶，但他的思維依然無法貫通人類的思維。

混進人類之際，他只是從假冒對象的記憶中選出相近的情況，模仿那個人當下的反應罷了。

他這次沒有得到達南的記憶，所以沒必要就不講話，默默跟在艾瑞斯後面。

（但再這樣下去不會有進展啊。）

在錫桑丹吞噬過的無數記憶中，有一個男人的記憶和艾瑞斯同樣是走投無路的情況。他決定只能參考那個記憶來應對。

「欸，我突然想起來了，這座山有古代妖精的遺跡。」

「那又怎樣！少說廢話，快去把露緹找出來！」

「不是啦，那個遺跡好像在地底的樣子。」

「……為什麼你不早講！」

「我完全忘了有這回事嘛。」

「呿！所以我才討厭廢物。你說的那個遺跡在哪裡！」

（成功了？這樣一來，艾瑞斯就會覺得不是我想到了他想不到的事，而是我忘了換作是他一定能想到的事吧。）

艾瑞斯似乎沒有察覺到任何異樣。

錫桑丹暗自竊喜自己耐心等待是值得的。

（再說，這傢伙能力不錯。不光是騙騙就算了，說不定還能拉攏他合作。）

現在坦言真實身分的話，想必是不可能說服他的。

然而，如果是在他遭到勇者拒絕，夢想破滅之後呢？

失去一切後，這個男人若是知道只要弄髒雙手就能實現願望，他應該會不擇手段也要達到目的吧？

（問題在於時機啊。何況按我現在的狀態，要是他選擇和我作對的話，我大概沒有勝算。）

艾瑞斯的魔力是真本領。可以的話，他希望等到取得理應沉眠在古代妖精遺跡的「祕寶」後再處理這件事。

錫桑丹一邊帶頭前進，一邊謀劃著陰謀詭計。對他而言，思考如何誆騙對方是讓他感到最快樂的時光之一。從這一點來看，過去在洛嘉維亞欺騙莉特的時候著實令他感到愉悅。

錫桑丹背著艾瑞斯偷偷泛起一抹邪惡的笑容。

＊　＊　＊

同一時間，達南正頂著一張通紅的粗獷臉孔不斷狂奔。

不過，儘管他的速度經過技能的強化後比常人快上許多，但距離上山還有一半左右的路程。

「混帳，再這樣下去，等我追上的時候一切都結束了啊！」

達南大吼著，雙腳毫不停歇。

途中與他擦肩而過的旅行商人等人們，見狀都以為遇到搶匪而尖叫了起來。

「唔噢噢噢！」

雖然達南鼓足了氣勢，但氣勢再猛，奔跑速度也不會出現多大的變化。事到如今他才開始後悔應該租走龍才對，就在這時，上空傳來了一股壓迫感。

「什麼？又是精靈龍？」

他驚訝地喊道。上空再次出現一頭迎風展翼翱翔的巨大精靈龍。

然而，牠長得和一開始見到的那頭精靈龍很不一樣。

「奇怪，和蒂奧德萊召喚的那頭很像啊。」

那頭精靈龍只有翅膀是紅色，身體各部位都被鎧甲覆蓋著。

他記得蒂奧德萊用法術召喚出來的精靈獸也具有相同的特徵。

達南沒什麼魔法相關知識，所以他不知道這是源自於艾瑞斯的祕術魔法和蒂奧德萊的法術魔法之間的差異。蒂奧德萊的法術是從至高神戴密斯的三使徒之一「殉教的守護者」維克堤的領域借來的力量。

因此，蒂奧德萊只能召喚出屬性能夠存在於維克堤領域內的精靈獸，被召喚出來的精靈獸們是在受到維克堤影響的狀態下化身實體。

此外，雖然艾瑞斯也會使用法術，但他是從同樣屬於三使徒之一的「希望的守護者」拉拉愛爾的領域借來力量。由於一樣會受到屬性限制，艾瑞斯基本上都是使用祕術來召喚精靈獸。

能夠以法術借用力量的存在，除了三使徒之外，還有相傳是戴密斯的叛徒，傳說中的惡魔上帝（Overlord）的三王。

邪惡的法術士就是借用他們的力量。

精靈龍在達南頭上緩慢地盤旋，然後朝著他垂直下降。

「哦？」

難道是襲擊嗎？達南想到這裡便興奮地停下腳步，並且握起左拳。他深知一察覺到強敵氣息就把手頭的要緊事拋到腦後是他的壞習慣，不過個性使然也沒辦法，他早就看開了。

艾瑞斯經常對他酸言酸語，不過達南加入隊伍除了一開始引起過兩三次問題，之後就很不可思議地再也沒有惹出更多麻煩。

現在回想起來，達南才明白這是因為吉迪恩掌握了包含自己在內的所有成員個性上的問題點，煞費苦心地把每個人分配到最適合的位置上。

（吉迪恩那傢伙要是再多讓大家了解他的功勞，事情可能就不一樣了吧……只不過想這個也沒用，現在最要緊的是眼前這頭精靈龍。）

當精靈龍降落到龍臉清晰可見的高度時，牠便用力拍動翅膀減速。

「達南！是我！」

一名穿著鎧甲的女性從龍背探出身子如此喊道。

「蒂奧德萊？」

在那裡的，是理應遠在他方的蒂奧德萊。

＊　＊　＊

這是達南人生第二次乘坐在精靈龍的背上。

「這還真是方便啊。」

他第一次乘坐是前往魔王軍四天王之一的風之甘德魯的城堡時。

當時他們與雷龍（Lightning Dragon）們合力突破甘德魯的飛龍騎兵，但艾瑞斯堅持只乘坐對他言聽計從的精靈龍，於是達南便為了保護他而一起乘坐了精靈龍。

不過，達南根本沒有餘裕稱讚精靈龍有多方便，每當遇到危險，他就會對艾瑞斯的馭龍技術抱怨連連。

「既然這麼方便，平時怎麼不用啊？」

達南坐在蒂奧德萊後面，對正駕馭著精靈龍的她拋出了一個疑問。

「畢竟太過招搖了。能夠召喚精靈龍的術士很少，要是被魔王軍看到的話，會引起他們的戒心。」

「原來是這樣啊。」

達南理解後點了點頭。從地上可以清楚看見飛在空中的精靈龍，剛才吉迪恩也是看到精靈龍才會加快速度先行一步。

「對了，那傢伙是誰？」

達南看向坐在最後面的男子問道。

「我叫亞爾貝。幸會，達南先生，我在佐爾丹也聽說過你對抗魔王軍的赫赫戰功。此事說來話長，總之我現在是和蒂奧德萊小姐一起行動的冒險者。」

說完，亞爾貝垂首致意。

達南「哦～」地應聲點頭，一副馬上就失去興趣的模樣。

「話說回來，多虧有妳幫忙，這樣我也很快就能上山了。」

「你不多懷疑一下我怎麼會在這裡嗎？」

「反正想也想不明白啊。勇者大人在山裡，而且需要我們的助力，這一點我倒是十分清楚。」

「……你這人真的很單純。」

蒂奧德萊泛起苦笑。她的笑容中有些欣羨之意，但粗枝大葉的達南不可能會發現。

「我之所以帶你一起走，只是因為無論接下來我們的選擇會帶來何種後果，我都希望你也在場。」

「嗯？」

「不懂也沒關係，你就按照自己的想法去行動吧，我也會按照我的想法去行動。」

「好，雖然我不是很懂，不過這是一定的嘛。我和妳當然都要按照自己的想法去行動啊。」

達南放聲大笑。面對達南這種完全不同於艾瑞斯和蒂奧德萊的英雄，亞爾貝只能呆愣著不動。

＊　＊　＊

等露緹的心情平復下來後，我和她回到了走廊上。

「雷德！」

這時正好看到莉特和媞瑟從走廊的另一端奔過來。

「來得真快耶。」

「畢竟急著趕來嘛。」

莉特笑著點了點頭。露緹看起來面無表情，但臉頰微微泛紅，這是開心的表現。

「謝謝妳們。」

露緹輕聲這麼說道。

我們返回戈德溫的房間，以便取得惡魔加護的相關情報。

以惡魔的心臟為材料，創造出惡魔的加護來抑制天生的加護，這應該就是契約惡魔解釋過的惡魔加護的原理才對……

「契約惡魔也是這麼告訴我的。」

露緹同意我的說法，但隨即又搖了搖頭。

「但是，對『勇者』的加護來說，惡魔心臟的效果會被當作詛咒來處理。所以我服藥之後，作為材料的巨斧惡魔的加護並沒有出現在我身上。」

「這樣的話，妳是怎麼抑制天生的加護的？」

露緹偏著頭。

「在我身上出現的，是無名的加護。」

「無名的加護？」

「對。接觸加護並沒有任何技能，也不會產生衝動，只是單純存在那裡而已。」

這是怎樣？即使我自認查閱過許多加護的書籍，累積的知識比一般人還要多，卻也是頭一次聽到這種加護。我反倒想問，那真的是加護嗎？

「但是，等級轉移到那個無名加護上，抑制住『勇者』的衝動了。」

「既然沒有衝動，就算那個加護的等級高過天生的加護，也不會產生殺戮衝動之類的嘍？」

莉特抱著些許期待問道。

的確，震撼整個佐爾丹的殺戮衝動是從巨斧惡魔的加護中產生的。如果這個新生加護沒有衝動，自然也不會有殺戮衝動。

「不過，無名加護嗎……這不僅是完全未知的加護，性質顯然也和其他加護不同，反而給人一種無法預測的詭異感啊。」

所有加護都有其職責。無論強大的加護還是弱小的加護，都會藉由技能、衝動及加護名稱來讓我們知道自身職責所在，並得到達成職責的能力。即使是身為被賦予加護一方的我們，也很清楚這個意圖。

然而，沒有名稱的加護到底是怎麼回事？

「真搞不懂啊，順道問問看戈德溫那個專業鍊金術師的意見吧。」

我們邊談邊走，剛好來到戈德溫的房間。

擺著鍊金道具的房間門被露緹撞飛了，所以從外面也看得到戈德溫的情況。

我們一踏進去，戈德溫就抖了一下肩膀。

「別、別嚇唬人啊。」

發現進來的是我們，他便安心地呼了口氣。

「戈德溫，我就直說了，我們想了解更多關於惡魔加護的事。」

雖然不曉得能往核心邁進多少，但我們還是決定好好面對這個由惡魔帶來的藥物。

＊　＊　＊

「簡單來說，惡魔加護原本是透過賦予限制的方式，把能夠產生無名加護的藥加上轉移等級的效果，以及把產生的加護替換成惡魔加護的效果。本來的話，這個藥並不會降低原生加護的等級，就算沒有詛咒抗性也不需要惡魔加護。」

戈德溫最後得出了這個結論。

我們正在詢問戈德溫對於惡魔加護的意見。

「抑制加護的衝動也是後來才加上去的嗎？」

「這部分不好判斷，可能不用降低加護等級也能藉由新的加護來抑制原生加護的衝動。不過，這個藥本來的用途只是創造出露露小姐身上的無名加護而已。」

「那麼，惡魔跟露露說可以透過暫時降低原生加護的等級來提高加護升級的效率，這也是本來的用途吧？」

「沒錯。而且本來轉移的等級並不會經過一週左右就轉移回去，產生的加護也不會消失。」

真是愈聽愈不可思議。感覺像是改良這個藥的惡魔們在改良調合配方時，把原本的效果全都去除了。

「那成癮性和毒品的效果呢？」

露緹問道。她身為服藥的當事人，一定很在意這一點。

儘管能夠靠抗性使其無效化，但持續服藥來降低等級的話，可能會下降到沒有完全抗性的等級。

「這就是材料的問題了。這個藥的材料有成癮性很高的矮人黑火胡椒（Dwarven Black Fire Pepper），在佐爾丹那邊是違禁品，所以在這裡也是最難籌措的材料。不過，畢格霍克的祕密儲藏庫倒是有不少庫存就是了。」

「沒有替代品嗎？」

「我原本可是幫盜賊公會做事的落魄鍊金術師耶，改良調合配方這種事我是一竅不通啊。」

戈德溫是利用技能來分析藥物，再對照從契約惡魔和我們這裡聽來的情報做推測。

他在畢格霍克麾下擔任盜賊公會的幹部，鍊金術師方面的知識絕對算不上豐富。

我接過戈德溫寫的筆記，閱讀他用技能分析的結果繼續研究。光憑這些情報實在沒辦法判斷是否有能夠替代的材料。

話雖如此，露緹的治癒之手就連毒品中毒也能完全治好。

此外，大都市也有厲害的高等級治療師能使用魔法治療藥害。雖然要花錢，但以露緹的財力而言根本不值得一提。

目前可以不當一回事……但總有一天還是要解決這個問題。

「就像是惡魔加護的殺戮衝動一樣，如果這個無名加護的等級超過原生加護的話，你覺得會發生什麼事？」

「我不能說得很肯定……不過，既然那是源自於巨斧惡魔的衝動，這個沒有任何衝動的加護應該引發不了什麼吧。」

他對於這一點也持相同意見嗎？

「總結起來是怎麼樣？」

媞瑟問道。

「這個嘛，當前危險性似乎很低。雖然要注意別讓加護等級下降太多，但應該沒有出現殺戮衝動的疑慮。」

露緹微微睜大眼睛。

她本來很擔心如果自己被禁止服用惡魔加護該怎麼辦吧。

「說到底，具有危險性的部分幾乎都是惡魔另外附加在原本的藥物上的，我也打算以配方為依據重新著手調查；不過在找到其他方法前，暫且當作抑制加護衝動的藥來使用也沒關係。」

沒想到我的藥物知識竟然會以這種形式幫助到露緹。

看著她開心的模樣，我不禁有些自豪。

「剩下的問題，就是之前引起的騷動導致惡魔加護在佐爾丹被視為危險品這一點了吧。籌措材料也是，試圖蒐羅矮人黑火胡椒這種特殊材料的話，立刻就會被佐爾丹當局盯上吧。」

「要不要乾脆在這座山種植材料？」

莉特像是靈光乍現似的說道。

「說得簡單，但是要種植從外地帶來的植物可是相當困難的。不過，確實有一試的價值。」

「這樣啊。」

「我也會調查一下替代材料的部分，說不定惡魔是刻意使用具有中毒性的藥物。」

根據露緹的說法，惡魔擁有虔誠的戴密斯信仰。我固然感到震驚，但惡魔們忠實地遵循著加護所要求的生存方式，會成為至高神戴密斯的信徒似乎也很理所當然。而這些惡魔卻又握有能夠創造出新加護的製藥技術，彷彿是要和戴密斯神作對一樣。

或許是因為惡魔加護暗藏能夠讓原生加護成長的可能性，但與此同時，惡魔們也儘量減少惡魔加護中會忤逆到戴密斯神的要素。

他們之所以使用中毒性很高的材料和稀有材料，應該是為了防止這種藥不小心擴散出去吧？

具有中毒性的話，撇除能夠使用高級魔法的人不談，對於普通人而言，會造成致命性的影響。

「話說回來，真沒想到惡魔會信仰戴密斯啊。」

有機會的話，我想和露緹慢慢討論這件事。

我還在勇者隊伍的時候，會和不需要睡眠的露緹討論旅途中得知的這個世界的相關真相，不斷交換彼此的想法直到深夜。

回去後，久違地和露緹聊到想睡覺為止吧。

真令人期待。

「哥哥，怎麼了？」

露緹大概是注意到我的視線，於是歪起了腦袋瓜。

我笑著回了聲：「沒什麼。」

「是嗎?」

她短促地點了點頭,臉龐似乎隱隱泛紅。

「有動靜!」

這時候,媞瑟用只有我們聽得到的細小但尖銳的嗓音提醒道。

除了戈德溫以外,我們所有人都迅速拔出武器,集中精神備戰。戈德溫看到我打的信號,便一臉害怕地往後退去。

「有、有你們在應該不會有問題吧。」

戈德溫不安地這麼說道。露緹對他的反應絲毫不放在心上,逕自慢慢走近門口。

「勇者」加護有超感覺技能,讓露緹對於振動、熱度和氣味等五感全都具有等同於視覺的感知能力。

雖然在距離上不如「刺客」媞瑟那種大範圍的洞察氣息能力,但在近距離下還是露緹的技能更優秀,連牆壁的背面都能看穿。

「鋼鐵蛇。」

露緹喃喃說道。

某種小型物體從門口陰影處衝了出來。不過在鋼鐵蛇現身的瞬間,露緹就已經揮劍從它眼前斬下,它的尖牙還沒派上用場就被斬斷了。

「鋼鐵蛇？怎會出現在這裡？」

莉特沉下臉色。

鋼鐵蛇是用魔法和鍊金術創造出來的一種魔像。

這種鋼鐵魔像的外形是長約三十公分的小蛇，沒什麼力量，但好處在於優秀的隱匿性能和廣大的行動範圍，可以鑽進縫隙等地方。

此外，它也能夠透過魔法來製作地圖，還能將眼睛看到的情報傳給使用者，這種魔像通常用來搜集敵營情報。

「在古代妖精遺跡看到的是與齒輪(Clockwork)那種魔像不同體系的人造怪物，沒有鋼鐵蛇的相關紀錄。」

「看來有人闖進這座遺跡了。對方可能用魔法消除了氣息，但凝神細察還是能感覺到些微氣息。」

媞瑟這麼說道，包包裡的憂憂先生探出頭跟她傳達些什麼。

「好像有兩個人踩到了憂憂先生垂下的絲線。」

憂憂先生點著頭表示她說得沒錯。

與媞瑟一起行動的期間，憂憂先生的加護等級也不斷提升。牠似乎能藉由垂下的絲線所傳來的振動，來掌握住碰觸絲線者的大小及形狀。

「兩個人啊？」

恐怕是包含召喚那頭精靈龍的施術者在內的二人組吧。

雖然不確定剛才那一瞬間有沒有看到我們，但對方應該已經知道鋼鐵蛇遭到破壞。而我們完全沒掌握住對方的身分。

「……會是錫桑丹嗎？」

莉特喃喃說道，表情帶有希望是如此的隱晦期待與不安。

＊　＊　＊

「那個，讓露露小姐保護我比較好吧？」

「有我在就別嫌了。」

戈德溫窩囊地向我這麼提議。

露緹和莉特打頭陣，接著是媞瑟，再來是戈德溫以及為了掩護他的背後而走在最後面的我。

「但這些人裡面，你這個藥商是最不可靠的吧？」

「你講話還真直接耶。」

「畢竟這關係到我的性命啊！」

雖然說出這番話的戈德溫在佐爾丹算是高等級的鍊金術師，但大概還是敵不過勇者親自出馬要對付的敵人，這一點他自己也很清楚。不過，這個陣形是有其考量的。

露緹身體一震，對後方起了反應。

我立刻拔出跟莉特借來的投擲小刀丟出去。

小刀貫穿試圖偷偷靠近的鋼鐵蛇，將其消滅掉。

我和露緹之間的溝通不需要話語，只要她稍微移動一下視線，我就有把握能配合她的想法展開行動。

這是歷經無數次戰鬥所培養起來的兄妹默契。

要說是露緹透過超感覺感應到的瞬間，我就能共享她的感知也不為過。

「雖然作工沒有多堅固，但竟然用一把投擲小刀就幹掉了鋼鐵魔像。你怎麼會跑去開藥店啊？到底闖了什麼禍才要隱藏身分啊？」

戈德溫看到腦袋被打碎而靜止不動的鋼鐵蛇，感到傻眼似的朝我這麼說道。

＊　＊　＊

「這一層沒有鋼鐵蛇了。」

媞瑟施展技能專注地探查氣息後，一臉肯定地如此說道。

我們總共找出四條鋼鐵蛇，並將其消滅掉。

然而，媞瑟利用感知氣息的技能確認這裡至少有七條鋼鐵蛇，因此有三條離開了這一層。

「有找到人嗎？」

「對方用魔法消除了氣息，我沒辦法掌握到位置。只不過，其中一個人似乎前往下層了。」

「他們分頭行動嗎？」

莉特有些意外地說道。如果對方是敵人的話，這樣對我們來說正好。

「可是，他們應該也已經知道鋼鐵蛇被消滅了吧？假設對方跟錫桑丹和惡魔加護沒有關聯，而且也不認識我們好了，明知道這裡存在著能夠消滅鋼鐵蛇的威脅，怎麼又會在這時候分散戰力呢？」

「確實有蹊蹺。或許是用了什麼魔法或武技造成我的技能誤判吧……」

如果只是瞞過媞瑟這位人類最頂尖的「刺客」就算了，在這個大陸上真的找得到有本事讓她誤判的高手嗎？

「我們可以先做好準備，以防媞瑟的感知有誤，不過眼下就先按照媞瑟的判斷來行動吧。」

「好。」

聽到我這麼說，露緹點了點頭，而後嘴角微微上揚。

「怎麼了？」

「雖然現在講這個不太恰當，不過好久沒有讓哥哥指揮了……我好開心。」

露緹看著我的眼睛這麼說完，便斂起表情往前走去。

＊　＊　＊

包含戈德溫在內的所有人都察覺到了異狀。

「有什麼要來了！」

莉特厲聲警告。

「憂憂先生的絲線全被扯斷了！是只有指尖大小的大量群體生物（Swarm）！」

「露緹！莉特！用浮空術！」

能夠使用魔法的露緹和莉特迅速對所有人施展浮空術。

我們飄浮起來，等待那個突然出現的群體生物。

「是蜘蛛嗎？還是螞蟻？該不會是寄生白蛆（Parasite Grub）吧？」

戈德溫列舉了冒險中常見的群體生物。即使是蟲子也不容小覷。群體生物不能靠武器打倒，必須使用魔法或火焰才行。

新手冒險者遇到這種難纏的敵人，可能會被壓制到無力還擊的地步。

然而出現的並不是蟲子。

「噫！」

戈德溫看到淹沒地板的那些東西，不由得尖叫了起來。

莉特也倒抽一口氣，渾身不斷打顫。

「竟然是瘟疫之眼啊……」

那是流著淚的人類眼球。眼球上長著幾根宛如紅色觸手一般的血管，利用那些血管在地面磨磨蹭蹭地爬行。

光是這樣就夠恐怖了，結果那些眼球移動了一會兒之後，還咕嘟咕嘟地冒出泡沫迸裂開來。

破裂後的液體會再次冒出泡沫，從中湧現好幾顆眼球。

「這是高等級的祕術魔法，一種結合召喚魔法和死靈魔法的複合魔法，以死囚之類含恨而終的人類眼球為媒介，像那樣從被召喚出來的死者眼球再繼續召喚出無數的死者眼球。」

淹沒地面的眼球流著淚看向飄在空中的我們。

那副景象連我也感到毛骨悚然。

「這種魔法無法控制，在效果時間結束前只會不斷增殖下去，將地面上的敵人吞噬殆盡……但因為是召喚魔法，施術者會知道眼球群是在哪裡減少的。聽說可以利用這一點作為偵查方法。」

「所以我們攻擊眼球的話，就會被對方發現嗎？」

「沒錯。這是無差別大範圍攻擊手段，對方如果知道我們的位置應該就不會施展這種魔法，畢竟可以像這樣用浮空術來躲掉。」

這個魔法固然效果驚人，但也有缺點。

我們只要在效果時間結束前一直飄在空中就好了。

「……對方不是已經透過鋼鐵蛇發現我們的位置了嗎？」

「該不會是那兩人沒有互通情報吧？」

莉特和媞瑟拋出了疑問。在這種時候使用瘟疫之眼確實令人費解，但當我陷入苦思後，露緹就嫌麻煩似的皺了皺眉。

「反正想也想不明白，不如直接問對方。」

「咦？」

露緹用左手結印。

「審判雷光。」

「什…！」

強烈的閃電席捲周遭。

雷擊打中淹沒地面的眼球，經由被眼淚浸溼的地面瞬間在遺跡內蔓延開來。

「勇者」加護的魔法雖然消耗龐大，但純粹就爆發力而言，其實不會輸給「賢者」和「大魔導士」之類的魔法師系高階加護，那種威力甚至會讓煞費苦心兼顧劍術與魔法的魔法戰士系加護顯得很愚蠢。露緹皺了一下眉頭。

「被防守住了。」

她低聲說完，立刻拿著劍降落在地上疾奔而去。

「喂！別自己一個人跑掉……莉特、媞瑟！妳們保護著戈德溫追上來吧！」

我不等她們兩人回答便追著露緹而去。

記得我還在隊伍裡的時候，露緹從來沒有這麼獨斷專行過。我已經離隊一年多了，這段時間露緹是怎麼戰鬥過來的？

「露緹！」

「在那個轉角處。」

追上露緹的我，來不及留神就衝出了轉角。

看到站在那裡的人物，我有一瞬間忘記了戰意。

「露緹！我終於找到妳了！」

「艾瑞斯？」

那個人，就是過去將我從露緹身邊趕走的賢者艾瑞斯。

然而，艾瑞斯現在的模樣，和我記憶中的他差太多了。

那張備受王都女性青睞的英俊臉龐如今雙頰削瘦，頭髮也變得亂七八糟。

睜大的雙眼布滿血絲，令人聯想到那些在遺跡的地面上冒著泡沫消失的死者眼球。

「露緹，我們一起去打倒魔王吧。能夠拯救世界的只有身為『勇者』的妳，而妳的身邊一定要有我。『勇者』與『賢者』——只要這兩個最高階加護在一起，區區魔王也不足為懼。」

「艾、艾瑞斯，你這副模樣到底是怎麼了……」

我朝艾瑞斯問道。神經質的艾瑞斯就算在旅行期間也會把自己的儀容打理得很好；如今卻是這種面目全非的模樣，對我來說實在太震撼了。

「來，露緹，牽起我的手。妳覺得不需要其他夥伴對吧？沒問題，達南、蒂奧德莱、亞蘭朵菈菈、媞瑟和吉迪恩確實都只會礙手礙腳，全是些出一張嘴抱怨卻毫無作用的廢物。就由我們兩個去打倒魔王吧，光輝燦爛的未來正等著我們。」

艾瑞斯對我的問題沒有任何反應。他抽搐著嘴角露出笑容，向露緹伸出手。

「艾瑞斯。」

露緹的眼神帶著幾絲憐憫，語調平靜地喊出他的名字。

「露緹……」

「我不會再和你一起旅行了。」

「咦？」

「今後會怎麼樣我也不清楚，但和你的旅途已經結束了。我會以露緹的身分走接下來的路，不再當一名『勇者』。」

艾瑞斯需要的不是露緹，而是「勇者」。

因此，露緹要結束與艾瑞斯的旅途。這是訣別的話語，也是露緹決定跟一同度過漫長旅途的艾瑞斯劃清界線的聲明。

艾瑞斯就這樣掛著笑臉垂下頭。

「露緹真是溫柔啊。是因為有吉迪恩在，妳沒辦法放下這個拖油瓶不管，才會選擇加護這麼爛的傢伙而不是我對吧？」

「不是的，艾瑞斯，露緹她……」

「閉嘴！」

艾瑞斯左手結印。

「艾瑞斯！你做什……唔！」

強力射擊魔法所產生的力場之拳把我打飛了出去。

隨著巨大的聲響，我的背部重重撞在後方的牆壁上。造成的衝擊令我吐出肺裡的空氣，使得我的呼吸有一瞬間停滯，接著我堅持不住地跪倒了下來。

「好啦，露緹！這下就沒問題了！我們去打倒魔王吧！」

艾瑞斯向露緹大張雙臂，像是很肯定露緹接下來會撲進自己懷裡一樣。露緹在那一瞬間確實衝了過去，但並不是為了投入他的懷抱。

「到頭來，你還是沒有正眼瞧過我。」

「咦？」

艾瑞斯震驚地看著露緹刺在自己腹部的劍。

「啊、啊啊啊啊啊啊！」

艾瑞斯尖叫起來。

他看起來還沒搞懂發生了什麼事，只是愣愣地注視著流出的鮮血。

露緹毫不猶豫地拔出劍。

「我一點也不溫柔。」

「嗚、嗚啊啊啊啊啊啊啊，為、為什麼，到底出了什麼差錯，我可是賢者艾瑞斯啊，為什麼我會被刺中……」

「我避開了要害。靠你的魔法應該能治好吧。不過，這就是我的答案。你傷害了我最重要的人，我就會毫不遲疑地拔劍刺入你的身體。如果哥哥受到的是重傷，你大概早就被我殺了。」

露緹淡淡地說完，然後轉身朝我走過來。

「沒事吧，哥哥？我立刻幫你治療。」

「啊，好，麻煩妳了。」

我的傷口沒有多深。強力射擊魔法的主要功用是將敵人擊飛，殺傷力並不是重點，而且我的加護等級也很高，所以只受到一點跌打損傷而已。

「露、露緹……我的傷勢更嚴重啊……快幫我治療……」

艾瑞斯按住傷口向露緹懇求。

露緹頭也不回地答道：

第二章
勇者露緹的任性

「我是露緹，不是勇者。所以我不會再救你了。」
她直截了當地拒絕了艾瑞斯。

第三章 分道揚鑣

我名叫艾瑞斯・史洛亞。本來應該叫做艾瑞斯・渥夫・史洛亞才對，但史洛亞家族被剝奪了領地。

所以，我並不是史洛亞領地的艾瑞斯（艾瑞斯・渥夫・史洛亞），只是艾瑞斯・史洛亞。我是公爵家的次男，上面有兩個姊姊。

據說還有個長男大哥，但他為了闖出名聲而成為巴哈姆特騎士團的侍童（Page），後來在擔任某個老騎士的持槍僕從時被盜賊的流箭射中，就這樣輕易地送掉性命。

大哥擁有「騎兵」的加護，不過還沒分配到馬匹，只負責攜帶用於交換的長槍，所以他應該沒有機會發揮「騎兵」的技能。

兩個姊姊都已經離家。空有財富的商家子弟想要娶公爵千金為自己鍍上一層金，所以她們被送去政治聯姻了。

「幸好你出生了。賢者艾瑞斯可是我們的希望啊。」

小時候，身為公爵的父親把這句話當口頭禪似的常常對我如此叨唸。

寄宿在我體內的加護是「賢者」。這個加護極為稀有，能夠同時使用魔法師系加護的祕術魔法，以及僧侶系加護的法術魔法。

在操縱魔法上可以說是最強的加護了吧。

父親的加護則是「戰士（Fighter）」這種四處可見的平凡加護。

我實在不覺得父親適合擔任公爵家的家主。

而父親自己也明白這一點。他的態度明顯流露出對於自身立場的苦惱。

這是當然的，畢竟哪有公爵會因為錢不夠用而混在冒險者裡面，低聲下氣地跟平民委託人收錢。

正因如此，父親才會希望我和死去的大哥能夠表現出合乎貴族的風範。

只不過，現實是他口中的貴族應有姿態與貴族品格並不存在。

我所成長的世界，就是這樣一個蠢得無可救藥的地方。

「賢者」有一個特別的技能，那就是「鑑定」對方加護的技能。除了「賢者」之外，只有僧侶系最高階加護「聖者」才能使用。

「鑑定」需要集中精神才能進行，但可以查出對方的加護等級，所以我能看穿人們的本質。

這個「鑑定」比魔法更受重視，讓每個國家都對「賢者」禮遇有加。

因此對於身為沒落公爵的父親來說，我才會是希望。

然而他錯了。

我看不起這些家人。

的確，我光憑「鑑定」就能得到一定的地位。只要我工作個三十年，想必就能取回下級貴族等級的土地。

但是，不管再怎麼認真打拚，我也不可能得到合乎公爵家身分的回報。

我看不起這個國家。

我曾對各種不同地位與職業的人施展「鑑定」，隨心所欲地窺視他們的加護。

這讓我發現這個國家的人分為兩種。

一種是凡事都做得乾淨俐落、充滿自信的人；一種是拖拖拉拉又經常犯錯、張嘴就是抱怨的人。

身為「賢者」的我，立刻就明白了原因。

他們之間的差別在於自己的工作是否與加護一致。

這沒什麼好驚訝的，我很久以前就曉得這件事……畢竟我是一路看著父親那副模樣過來的。於是，我懂了什麼才是幸福。

人們應該遵循加護所期望的人生，這才是大家都能過得幸福的正道。

既然如此，身為「賢者」的我該怎麼安排人生呢？

第一次見到「勇者」時，我便明白了自己的職責所在。

身為最賢明的人，我必須引導「勇者」一同奮戰，在消滅魔王之後修正這個不合理的世界，並賦予所有人類符合各自加護的人生。然後，我要掌管這個世界，體現至高神戴密斯的意志。

我的誕生，並不是為了復興家門這種對世界而言根本無關緊要的目的。不論是父親的夢想，還是未曾謀面便死去的兄長，都只不過是無法為我的人生帶來任何意義的瑣碎小事。

我……生來就是要統治世界，成為最賢明的帝王。

＊　＊　＊

「我可是『賢者』啊，怎麼可能因為這種事……我什麼都還沒有達成，不管是領地、革命還是聖戰，全都還沒有……」

艾瑞斯怔怔地望著流出的鮮血喃喃自語。

他連要用魔法治療傷口都忘了，陷入身為「賢者」的自己不可能嘗到的挫折之中痛苦不已。

「為什麼？『勇者』作為勇者而活有什麼不對……『引導者』這種理所當然要在王都甩掉的垃圾加護，為什麼會在這裡？為什麼身為『賢者』的我……要獨自在這裡流血？一群蠢貨，為什麼人類如此愚蠢？可惡，可惡……」

艾瑞斯按著傷口蹲伏下來，鮮血從緊咬的齒間溢出，同時不斷咒罵著。即使知道這樣無濟於事，他也無法停止口吐惡言。自從趕走吉迪恩一直到現在，他就沒一件事是順心的。

簡單來說，艾瑞斯承認「引導者」這種垃圾加護比「賢者」更加優秀。而且，這代表他認為「人們應該遵循加護而活」的思想，在今天由他自己證明了是錯誤的。

他內心的支柱崩壞了。在這種狀態下，他沒能察覺到有一抹黑影正朝著他接近。

「你還好吧？」

對方出聲詢問後，艾瑞斯才將那張宛如亡靈的慘白臉孔轉向來者。

站在那裡的是一名皮膚微黑的青年。

他腰間佩帶彎度平緩的單刃刀劍，身上穿著內側縫有鐵片的大衣。

「你是誰……」

「我叫畢伊，如你所見是名冒險者。先不說這個，你傷勢很嚴重啊，撐得住嗎？」

畢伊把特級治癒藥水遞給他。

艾瑞斯的雙眼盯著他的手，渙散的眼神恢復了些許清明，接著便自己發動特級治癒魔法。

「哎呀，原來你會使用治癒魔法啊？看來是我多管閒事了。」

艾瑞斯瞪著露出淺笑的畢伊。

「你是阿修羅惡魔吧。」

艾瑞斯發動的「鑑定」，識破了畢伊沒有加護這一點。

如果艾瑞斯在錫桑丹化身成達南的時候也施展「鑑定」的話，應該早就發現他是冒牌貨；但「鑑定」這個技能需要集中精神，只要沒懷疑達南是假的，艾瑞斯就不會對認識的人使用「鑑定」。

然而，現在不同了。艾瑞斯的個性沒有單純到會相信一個出現在古代遺跡的陌生冒險者。

見到艾瑞斯這副模樣，畢伊……錫桑丹的嘴角勾起一抹愉快的笑意。

「不愧是『賢者』，看出我的真身了啊。」

錫桑丹激起了艾瑞斯的自尊心。艾瑞斯立刻擺出隨時可以發動魔法的態勢，只是魔法師單打獨鬥是一種極為不利的狀況。

（先施展召喚。）

叫出精靈獸保護自己是固定戰術。不過，艾瑞斯已經處在阿修羅惡魔的攻擊範圍內，他感覺到背脊竄過一絲寒意。

（這一切都是吉迪恩的錯！）

明明體內的血液愈來愈冷，他的內心卻猶如被憎恨之火灼焦一般熾熱。

他下定決心，就算最後死在這裡，他也要將這份憎恨化作破壞的魔法釋放出來才肯罷休。

然而錫桑丹彷彿看穿了他的想法，主動後退一步。

「我可沒打算和你打喔，『賢者』。」

「那你到底有何目的？」

「我撞見了你被勇者拋棄的那一幕好戲。」

「你這傢伙！」

艾瑞斯情緒激昂起來，反射性地發動了召喚魔法。

獠牙外露的精靈巨虎（Spirit Dire Tiger）朝錫桑丹飛撲而去，但他將劍輕輕一揮，精靈巨虎就被斬成了兩半。

「冷靜點，我並不是來取笑你的。如何，要不要暫時和我聯手？」

「啥？說什麼蠢話。身為勇者隊友的我為何要和惡魔聯手？」

「勇者的隊友啊……」

錫桑丹那張青年的臉龐咧嘴笑了起來。

艾瑞斯盛怒之下，感覺到腦袋的血管正一跳一跳地脈動著。

「你知道你被趕出勇者隊伍的原因嗎？」

「還不都是因為吉迪恩那個蠱惑勇者的蠢貨。」

「沒錯。」

錫桑丹表示同意。

艾瑞斯沒想到他會認同自己的說法，不禁感到目瞪口呆。

「既然加護是戴密斯神賦予的職責，『魔王』就注定要與『勇者』一戰，這才是正道。我們魔王軍也希望『勇者』能挺身對抗『魔王』。」

「……意思是，『魔王』也只是在履行加護的職責嗎？」

「沒錯。雙方交戰，讓停滯的兩大陸天秤傾向其中一邊，而後又會出現新的『勇者』或『魔王』再次動搖天秤，讓兩大陸在戰爭中繼續發展下去。文明正如同加護，只能在戰火中成長，因為肩負起文明的人類和惡魔都是憑加護等級來決定能力的。大規模的戰爭會淘汰加護太弱的人，並讓強大的加護不斷升級。如此一來，被加護選中的人們便能領導世界走向新的時代。」

「加護和文明一樣……這種事……我從來都沒想過。」

艾瑞斯臉色認真；相較之下錫桑丹則在暗自腹誹這根本是鬼扯淡。

錫桑丹剛才那一番話是歷代魔王的一貫思想。在沒有加護的阿修羅惡魔眼中，這不過是無稽之談。

連農學和工學這種無關戰爭的技術都只能靠戰爭來發展，這未免太不合理了。對於阿修羅惡魔們而言，這個名為加護的枷鎖實在愚蠢至極。

他們正是為此而戰。

暫且不管錫桑丹的內心想法，艾瑞斯的敵意已經減緩了不少。錫桑丹認為是時候切入正題了。

「初代勇者的遺產就沉睡在這座遺跡的地底。如何，等得到那個遺產之後我們再打也不遲吧？」

「初代勇者的遺產？」

「只要把遺產交給現任『勇者』，想必她就會想起自己的使命，明白『勇者』的個性不過是無足輕重的問題。」

「個性？這到底是什麼意思……不對，比起那個，我可不能把初代勇者的遺產交給你這個魔王軍的一分子。」

「但是再繼續這樣下去，勇者就要放棄當『勇者』了喔？到時候遺產也就沒有任何意義了。」

「這……」

錫桑丹的身影一晃，變成具有六條手臂的惡魔。

「只要看到遺產，賢明的你一定能理解何謂『勇者』，也會明白自己到底該怎麼做。而且……」

惡魔的呢喃逐漸滲透到艾瑞斯的精神之中。

「身為阿修羅的我也很難再繼續往前走了。我需要你這位『賢者』的力量。」

對於被露緹拋棄的艾瑞斯而言，這句話正是攻破心理防線的關鍵。

＊　＊　＊

我和露緹回去找莉特她們。

我們很快就跟後面追來的四人會合。在說出我們遇到艾瑞斯並與他決裂之後，莉特很開心，媞瑟的表情有些驚訝，戈德溫則因為聽不懂我們在說什麼而張望著別處。

「艾瑞斯會召喚精靈龍也是理所當然的。」

聽到露緹這麼說，媞瑟也點了點頭。

我也承認艾瑞斯是人類最頂尖的魔法師就是了……

「雖然艾瑞斯是個問題，但和他一起進來的另一個人更讓我放不下心。」

對方似乎丟下艾瑞斯前往地底了，但之後就失去了行蹤。

媞瑟也說過另一人隱藏氣息的能力比艾瑞斯更強。

早知道就問問艾瑞斯了，不過他那種狀態也問不出什麼，我搖了搖頭轉換心情。

「會不會是蒂奧德萊呢？」

莉特說出理所當然的推測。

「正常來想是這樣，但他們分開行動就奇怪了。除非有什麼特別的理由，蒂奧德萊不會在危險的古代妖精遺跡裡單獨行動，畢竟她是理性勝過感性的類型。」

「嗯，她確實是這樣沒錯。」

另一人的行動不符合我所認識的蒂奧德萊的思維，而且從沒聽說過蒂奧德萊對鋼鐵蛇這種魔像很在行。

儘管控制魔像不需要技能，但必須具備高度知識和利用細膩魔力來操縱的技術。理論上只要是能夠使用魔法的加護都可以操縱魔像，不過實際上懂得操縱的人很少。

魔像的價格固然昂貴，但不會疲累且能夠量產，使用起來相當方便。即使如此依然沒有取代勞動力的原因，就在於難以操縱。

「這樣的話，會是艾瑞斯在露緹離隊之後找來的新夥伴嗎？」

「可能是吧。」

我們一邊討論，一邊走回戈德溫擺放鍊金術工具的房間。

我生起火，用房間裡的鍋子泡了草本茶。露緹和我都需要一點時間來沉澱心情，於是我們有幾分鐘都沉默不語。

「話說，我要被關在這個遺跡裡多久啊？去其他城鎮一樣可以做藥啊。」

戈德溫喝著熱騰騰的草本茶，小聲發著牢騷。

但露緹一轉過頭去，他就慌張了起來。

「沒、沒有啦，來這裡才不到一個月而已，我倒無所謂就是了。」

他改口了。看來他還是很怕露緹。

「我會考慮看看。」

別看露緹這樣，她其實對戈德溫的處境很過意不去。

然而，戈德溫完全沒意識到這一點。

他大概是誤會了什麼而變得更慌亂，一個勁地道著歉。

我和媞瑟則用溫暖的眼神在一旁關注著他們。

「所以……這就和錫桑丹無關了吧。」

這時莉特低聲說了這麼一句。

「錫桑丹嗎？」

再次見到艾瑞斯的震憾害我一時忘了錫桑丹的事。

「不過，艾瑞斯大人的加護畢竟是『賢者』，照理說會注意到沒有加護的阿修羅惡魔吧？」

「不，艾瑞斯應該不會對見過面的人重複施展「鑑定」。在洛嘉維亞的時候，他也沒注意到蓋烏斯中途就被掉包了。」

「錫桑丹現在是化身成達南大人的模樣對吧？」

若是這樣，艾瑞斯會上當也不奇怪。

「那麼，鋼鐵蛇就是錫桑丹準備的嗎？用意是什麼？」

起初我以為那是在找露緹。魔王軍盯上勇者不僅合理，也是顯而易見的一件事。

但是，儘管錫桑丹已經透過鋼鐵蛇得知我們的行蹤，卻是朝深處前進。

他要是想偽裝成達南找機會偷襲，直接和艾瑞斯一起來找我們更省事，不需要用什麼鋼鐵蛇。

「那他就是有其他目的。鋼鐵蛇並不是用來找我們，而是用來調查這座遺跡。」

露緹這麼說，我也點頭贊同。

「有道理。火之四天王杜雷德納率領的部隊會從各地遺跡搜刮兵器和財寶，盜挖遺跡可以說是魔王軍的戰略之一。錫桑丹可能也是為此而來的。」

不過杜雷德納的部隊只會在魔王軍壓制的範圍內盜挖遺跡。雖說佐爾丹沒什麼強大的防衛戰力，但魔王軍沒有在遠離前線的地區盜挖遺跡的前例，何況風險應該也很高。

還有謎題沒解開啊。

「請等一下。」

「怎麼了，媞瑟？」

「艾瑞斯大人的氣息似乎有動作，而且還隱約有另一個人的氣息。」

「什麼？從深處回來了嗎？」

莉特站起身。

「既然對方可能是錫桑丹，那就不能坐視不管了。」

「沒錯。我是不太想再見到艾瑞斯啦，但他被騙的話，還是得提醒一下才行。」

決裂歸決裂，如果艾瑞斯被阿修羅惡魔欺騙當然不能置之不理，於是我們決定出發去找艾瑞斯。

然而，這一層已經沒了艾瑞斯的蹤影。

＊　＊　＊

「這、這是！」

艾瑞斯對眼前的景象驚愕得說不出話來。

他眼前是一片鮮活的景象，在以堅硬的未知物質建造的古代妖精遺跡中顯得相當格格不入。

原本在房間內的裝置盡數遭到破壞，排列著用花崗岩打造的石棺。木妖精乾屍胸前抱著歷經上百年卻無一絲鏽斑的妖精之劍躺在棺內。

「對木妖精來說，與大自然相依循環是很重要的思想。死者在葬禮過後理應要放在森林裡讓動物啃食，但照這樣看來，他們不惜脫離循環、永遠受到束縛，也想守護這前方的事物啊。」

化為畢伊樣貌的錫桑丹咧嘴而笑。

「離勇者的祕寶很近了呢。」

艾瑞斯內心有股說不上來的不安。

為何木妖精們要把初代勇者的遺物隱藏起來？既然是「勇者」的遺物，那就是希望的象徵。如此慎重地把東西藏起來，連一點傳言都沒留下，這麼做的意義究竟是什麼？

他們兩人繼續朝深處前進。

木妖精們用空洞的眼神瞪著他們，錫桑丹卻哼起歌來，嘲弄著木妖精們的執念。

感覺房內充滿了緊迫逼人的敵意。

艾瑞斯不由得打了個寒顫。

然而那些木妖精並非不死族，只是很單純的屍體。再說不死族是沒有加護的，即使身體能力經過強化，也不可能是這兩人的對手。

他們走到房間的出口。

這時忽然撲來一股強烈的敵意，錫桑丹反射性地拔出劍。

下一瞬間，妖精之劍衝著錫桑丹飛來，他雙手握劍擋住了攻擊。

這是相當凌厲的一擊，他握劍的手指都還在發麻。

「是誰？」

一名木妖精迅速地站了起來。

然後就這樣「咚」的一聲倒了下去。

「達、達南！」

艾瑞斯叫道。藏在棺材裡的男人勾起無畏的笑容。

「錫桑丹，幸虧你動作慢吞吞的，我才能先到一步啊。」

艾瑞斯腦中一片混亂。達南是和他一起來到這座遺跡的，出現在這裡並不奇怪。然而，這個達南和他之前重逢的達南有許多相異之處，而且絕不會是他看錯。因為這個達南失去了右臂手肘以下的部分。但不知為什麼，這個達南蘊藏著一種可以讓人肯定他才是真正達南的強大存在感。

艾瑞斯終於明白了。

他之前遇到的，是這個阿修羅惡魔吞掉達南的右臂後冒充的假貨。

「是達南啊，沒想到你還活著。這生命力簡直跟蟑螂不相上下。」

「哈哈哈！雖然你大概是想諷刺我，但我倒是很尊敬蟑螂的生命力呢。那種頑強性也算得上生物的強大之處吧。」

達南伸出左手，逐步逼近他們。

「喂，艾瑞斯。這傢伙是我的獵物，你可不准出手啊。」

相較於渾身散發高昂戰意走過來的達南，錫桑丹的表情不見一絲從容。

（手指還在發麻……是武技嗎？）

錫桑丹發覺最初那一記偷襲是刻意要讓他接住的。他顫抖的手指使不上力氣，只能做出有如第一次握劍的新手那般笨拙的動作。

（中計了啊。兩隻手臂都失常就糟了，就算變回阿修羅惡魔原本的樣貌，六條手臂也都會動彈不得。）

雖然阿修羅惡魔原本的樣貌是擁有六條手臂的惡魔，不過變身時受到的傷害並不會消失。

在這個狀態下被砍掉一條手臂，等同於被砍掉三條手臂。

（但你也失去了右手，這樣還有辦法正常戰鬥嗎？）

在達南踏進錫桑丹攻擊範圍的瞬間，獨臂的武鬥家與阿修羅惡魔同時蹬地而起。達南用左手甩開錫桑丹跳起身揮砍過來的劍。

下一瞬間，達南的左手在甩開劍之後又宛如鞭子一般擊中了錫桑丹的臉。

「啊唔！」

錫桑丹踉蹌著退後幾步。

他立刻嘗試舉起劍來，卻像是虛脫似的單膝跪了下去。

「啊，對了。」

達南低頭看著錫桑丹說：

「我沒要放過你的意思，一定會在這裡幹掉你，不過有件事我還是要道聲謝。」

「什麼事？」

「謝謝你讓我注意到我之前有多疏於鍛鍊左手。我還真不知道只要想用的話，左手也可以這麼靈活呢。多虧有你，我變得比以前更強啦。」

艾瑞斯在旅途中見識過達南的戰鬥方式，他知道達南不是在虛張聲勢。

縱使違背常理，這個武痴在失去右臂之後真的變得更強了。

＊　＊　＊

達南在戰鬥中占了上風。

雖然錫桑丹不斷舉劍攻擊，動作卻有些遲鈍。

達南起先偷襲時施展的「武技：崩角碎牙」，讓錫桑丹的雙手處於半麻痺的狀態。

「喝！有破綻！『狂亂魔腳』！」

纏繞著氣的強力後旋踢擊中了錫桑丹的腹部。

隨著武技的衝擊，錫桑丹被踢飛出去，撞到後方牆壁後雙手撐地倒了下來。

「喝啊喝啊！」

達南猙獰一笑，不留空檔給錫桑丹起身，又使出猛烈的踢擊。

倒在地上的錫桑丹無力反擊，只能一味防禦。

「艾瑞斯！」

錫桑丹大喊艾瑞斯的名字。

他的目的很明顯……這是在求救。

「………」

艾瑞斯沒有動作。達南是過去一起旅行的夥伴，而且又是勇者的隊友，要我攻擊他？別說笑了、別說笑了、別說笑了……艾瑞斯的思緒陷入嚴重混亂。

「艾瑞斯！」

錫桑丹再次喊出他的名字。艾瑞斯摀住耳朵蹲了下去。他想忘記一切，什麼都不想思考。

『去思考，做出行動，不要停滯在原地，前進吧。你是賢明之人，你的選擇永遠是正確的，因為你可是賢者啊。』

「賢者」的衝動覆蓋了艾瑞斯自身的情感。他沒有將選擇權交給他人的自由，每次都要由他自己來思考並且行動，哪怕加護並沒有告訴他該怎麼選擇。

表現得像個「賢者」一樣吧。加護向艾瑞斯如此喊道。

「艾瑞斯！快來幫我！」

錫桑丹第三次大聲叫道。他承受著達南無數次的攻擊，血流不止的同時還在拚命進行防守。

看來很快就會分出勝負了，而這代表被趕出去的艾瑞斯再也無法回到勇者隊伍。是了，其實根本想都不用想。

「暴風巨槍！」

達南這個男人很單純。艾瑞斯和自己一樣被錫桑丹欺騙了。因此，錫桑丹身分暴露後，艾瑞斯當然也會將他視為敵人。

達南腦中只有這個想法。

儘管他非常討厭艾瑞斯，依然堅信著艾瑞斯心中身為勇者夥伴的善性。

「這！艾瑞斯！你竟然！」

出現了彷彿能夠吞沒一個國家的巨大風暴凝聚成一點的黑雲之槍。那是只有上級魔法師系加護才能施展的最高階魔法。

預料之外的攻擊讓達南來不及反應，但他還是靠超人般的反射神經後仰身體才沒有直接命中。

然而，光是纏繞在槍身的雷擊之力，就讓足以劈開百年大樹的猛烈電流竄過達南全身上下。

「嗚呃啊啊啊啊啊！」

達南的身體因為電流而僵直，疼痛與閃光導致他有一瞬間眼前一片漆黑。

就在那一瞬間，鮮血四濺。

「唔……」

錫桑丹的劍深深刺進了達南的側腹。

「爆炸吧。」

錫桑丹如此低語後，他的劍便爆炸開來。

爆炸將傷口撕裂得更大，灼熱與衝擊破壞了達南的體內。

「就算是你，體內發生爆炸也承受不住吧。」

即使如此，達南仍未倒下。

縱使傷口滴滴答答血流不止，他還是不吭一聲地舉起緊握的左拳。

「人類實在有趣，我從沒見過像你這樣的『武鬥家』呢。這等實力已經超越了加護的職責。」

錫桑丹緩緩站起身，用左手結印。他的身體膨脹起來，變成兩公尺半的巨人。

他有六條精壯的手臂，黝黑的臉孔也變成阿修羅惡魔那種長著獠牙的臉。

錫桑丹接連拔出腰間的五把劍，擺出阿修羅惡魔原有武術風格的六刀流架勢。

達南的右腳往後跨一大步，準備迎擊。他眼神渙散，但並未喪失戰意。

六把劍宛如龍捲風一般接連朝他襲來，每一擊都挾著似乎能將巨象斬成兩半的力勁與殺意。但滿身瘡痍的達南即使半昏半醒，仍單憑一隻左手應付帶著殺意的龍捲風，接二連三把劍折斷。

就算如今處於半死不活的狀態，達南那被譽為以指斷鋼的武術依然精湛無比。

「真是頭武術怪物，不過……」

錫桑丹的右腳像是蛇似的扭動起來。

達南光是抵禦劍擊就已經無暇分神，胸口這時候又被錫桑丹的右腳踢中。

「呃，呼……」

達南感到胸口一陣劇痛。

錫桑丹收回右腳，便見達南的胸口上插著斷掉的劍尖。

「我也很擅長武術喔。雖然在你眼中可能就像雜耍一樣。」

錫桑丹說完便笑了笑。他在踢出那一腳之前，用腳指夾住了飛在空中的斷裂劍尖，就這樣乘著踢擊的力勁刺入了達南的胸口。

「不……會……這就是……武術……是我……輸……了。」

達南沒有怨恨艾瑞斯插手，只是直勾勾地瞪著錫桑丹，微微扭起嘴角這麼說道。

而後，他終於耗盡氣力，癱倒了下來。

＊　＊　＊

看到達南倒下，艾瑞斯冷靜得連自己都有些意外。

對夥伴下手、背叛夥伴，難道不該更加慌張，受到罪惡感的折磨嗎？艾瑞斯這麼思考，難以捉摸自己的心理狀態。

（不對，是我已經習慣了。畢竟這不是第一次背叛夥伴了。）

吉迪恩的臉龐在艾瑞斯腦海一閃而過。

（跟那傢伙認識很久了啊。）

露緹來到王都後，艾瑞斯便加入了隊伍。在現在的隊伍中，他的資歷僅次於吉迪恩，和吉迪恩一起冒險的時間也僅次於露緹。

兩人多次在命懸一線的戰場中死裡逃生，也多次在危機時刻救過彼此。

艾瑞斯儘管討厭吉迪恩，卻很信任他的能力。最清楚吉迪恩有多厲害的，大概就屬艾瑞斯了吧？

（正因如此，我才趕走了吉迪恩。）

只要有吉迪恩在，艾瑞斯就當不成「賢者」。

他既得不到露緹的信賴，隊友們也不會依靠他。即使沒有技能，吉迪恩也遠比他還要賢明。

艾瑞斯終於明白自己為什麼要趕走吉迪恩了。

「艾瑞斯，感謝你的相助。」

巨大的阿修羅惡魔向艾瑞斯道謝。

一旦做出選擇便無法回頭。艾瑞斯選擇走上背叛之路，與錫桑丹聯手共進，奪回被搶走的「勇者」。

「繼續前進吧，勇者的遺物就在這前面吧？」

「對，沒錯。」

艾瑞斯丟下倒地不起的達南，與錫桑丹一同深入遺跡。

＊　＊　＊

最深處的房間前面設有嚴密的陷阱，但錫桑丹從懷裡掏出心石，將魔力注入旁邊的古代妖精控制盤。

接著經過短短幾分鐘，古代妖精的陷阱便輕鬆解除了。

如此強力的陷阱，控制裝置操縱起來絕對沒有多簡單。古代妖精遺跡的控制盤本來就必須用到「足以射穿蒼蠅眼睛」的精密魔力操作。

不過房間深處安置著應該是木妖精打造的黃金箱，看到裡面的物品後，這個疑問便被拋在腦後了。

「這、這是！」

放在那裡的是五把長劍。艾瑞斯對這些長劍非常熟悉。

「降魔聖劍？可、可是這些……」

降魔聖劍是露緹持有的祕寶級長劍。那是神明傳給歷代勇者們的神聖無敵之劍，許多魔王都曾死在這把劍下。

世上理應只有這麼一把聖劍，這裡卻足足有五把。

「錯了，這些不是降魔聖劍。」

然而錫桑丹否定了他的話。

「現今的降魔聖劍是仿劍，仿自這些從初代勇者墓裡帶出來的初代勇者之劍。這些原型才是神賜與的劍。」

「所、所以，這些才是真正的聖劍？」

「沒錯。為了方便區分，就稱它們為真・降魔聖劍（True Avenger），不，稱為神・降魔聖劍（Sacred Avenger）吧。」

錫桑丹丟掉自己腰上的空劍鞘，逐一從箱內取出神・降魔聖劍，將其中四把佩帶在腰間。

然後，他將最後一把遞給艾瑞斯。

「說穿了，所謂的『勇者』就和『勇者』現在佩帶的仿造降魔聖劍一樣。換言之，就是神複製了初代勇者的靈魂。」

「靈魂？複製？」

「要讓這一代的勇者成為『勇者』，必須完成兩件事。」

「兩件事……」

這正是艾瑞斯的目的。艾瑞斯握緊了神・降魔聖劍的劍柄。

「其一是將神・降魔聖劍交給這一代的勇者。它就像降魔聖劍和勇者之證一樣，具有強化『勇者』加護的力量。只要加護受到強化，加護的衝動就會變強，而遭到『惡魔加護』削弱的衝動想必也會復原。」

「這、這樣一來，露緹就會回到我身邊了吧？」

「不，光是這樣還不夠。『勇者』本來不過是用來體現正義的裝置罷了。不會感到恐懼、迷惘或猶豫。因此，加護才會賦予足以讓他們失去自我的強烈衝動。」

「那麼，第二件事究竟是……」

「為什麼她不想當這一代的『勇者』，而是想當露緹呢？那是因為她擁有必須以露緹的身分才能實現的心願。她懷有不惜違抗衝動所帶來的痛苦也要達成的希望，所以必須除掉那個希望的支柱。」

「……也就是殺了吉迪恩。」

聽到艾瑞斯的低語，錫桑丹滿意地點了點頭。

＊　＊　＊

此時，吉迪恩，不，是雷德正和夥伴們一起追著艾瑞斯前進。

「遠處有打鬥的氣息。」

聽到媞瑟的警告，雷德等人急速趕路。

然而，這時候的雷德無從得知艾瑞斯已經和他們澈底分道揚鑣。

兩人的對決在所難免。

第四章 勇者ｖｓ賢者

我們持續往遺跡深處前進。

露緹說較深的地區她也沒去過，不過防衛用的齒輪們都已經停止作用，我們並沒有遇到什麼阻礙。

只有詭譎的寂靜瀰漫在遺跡中。

「我、我說啊，這位小姑娘。」

戈德溫語調窩囊地朝媞瑟說道。

媞瑟只回眸瞥了他一眼。

「我完全是在扯後腿吧？妳當我的護衛一起到遺跡外面等著不好嗎？」

「你是說，我也要因此在外面等著嗎？」

「我一個人沒辦法保護自己啊……拜託啦，跟你們待在一起我的魂都要嚇沒了。」

「沒有比這裡更安全的地方了。」

媞瑟面無表情地如此斷定。

戈德溫沮喪地垂下頭，但他也沒有勇氣獨自從古代妖精遺跡的深處逃出去，只能老實地跟著走。

我們邊談這種事邊前進，不久便來到一個像是大廳的房間。

天花板吊著因為魔法而永不熄滅的掛燈，前方排列著三座前往下層的升降裝置。

原本裝置上似乎有掛著牌子之類的東西，現在只剩下強行拆除掉的痕跡。

從前抵達這裡的木妖精們不知是不是大發雷霆，原先擺設在大廳的桌椅都已經被破壞殆盡。

古代妖精的家具全都非常堅固，必須用魔法或技能才能破壞，木妖精們是看到了什麼令他們怒不可遏的事物嗎？

耳邊傳來「喀嚓」的聲響。

那是升降裝置在運作的聲音。從太古時代留存至今的古代妖精魔法創造出力場，升降機在軌道上滑動的聲音逐漸接近。

「是錫桑丹嗎？」

我準備拔劍之際，旁邊就遞來了一把閃耀著白銀光輝的長劍。

露緹拿給我的，是我過去的愛劍喚雷劍。

「妳還幫我保管著啊。我還以為一定賣掉了呢。」

「怎麼可能賣掉，這可是哥哥的劍。」

我對於要握住這把劍感到有些猶豫。

這是我在勇者隊伍時代的象徵，有違於現在的生活。

然而我還是牢牢握住了喚雷劍的劍柄。

既然莉特願意為了討伐仇敵再當一次冒險者，那我也就再當回一次吉迪恩吧。

「謝謝妳。」

簡短道謝後，我揮了一次劍確認感覺。

這個感覺和我在佐爾丹所使用的銅劍截然不同。靠銅劍無法發動的技能「武器熟練【長劍】」也發動了，讓我記起了人劍彷彿合為一體的感覺。

「那麼──」

升降機就近在眼前。

隨著煞車器夾住軌道發出嘎吱聲，有個人打開了硬質的門扉。

站在那裡的是一名穿著鎧甲，腰間佩帶內彎曲劍的男人。

「好久不見了，我的愛徒。」

來者化身莉特的師父──洛嘉維亞公國近衛兵長蓋烏斯的模樣，用莉特非常熟悉的嗓音這麼說道。

「錫桑丹！」

莉特雙手各舉著曲劍，大吼著衝了過去。

「等一下！那不是他！」

露緹厲聲警告。

但莉特此時已經砍向升降機裡的錫桑丹。

「嗯？」

化身蓋烏斯的錫桑丹即使被砍中也文風不動，莉特的曲劍只是徒然劃過空氣。

「幻覺誘餌！那本體在……」

隱身站在莉特背後的錫桑丹，朝她的後背揮下了劍。

不過莉特嘴邊卻勾起了笑容。

只要知道沒有防備的背後會遭到襲擊，就算看不到對手也沒關係。

僅憑肌膚感受到的壓迫感，莉特便用右手的曲劍擋住了錫桑丹的劍。

「早料到你會來這一招。我怎麼可能會中這麼明顯的挑釁。」

莉特也是具有足夠高強的本領才會被稱為英雄莉特。

她揮動左手的曲劍，往錫桑丹的腳砍下去。

「雷德！」

「好！」

與此同時，我也舉劍攻擊錫桑丹的後背。

我在莉特衝出去的瞬間就察覺到她的目的，於是做好準備和她同時攻擊錫桑丹。

不需要言語交流，我便能理解莉特心中所想的一切。

劍刃交鋒的衝擊破除了錫桑丹的隱身魔法，露出那身軀偉岸的阿修羅惡魔樣貌。

錫桑丹張開雙腳，用六條手臂抵擋著我和莉特的劍。

「呿！」

「怎麼辦啊，阿修羅惡魔？你原本是想暗算莉特吧，現在卻反遭夾擊了喔。」

「那就沒辦法了！心石，釋放所有魔力吧！」

隨著錫桑丹的大喊，他的周圍迸出了水。

「那是溫蒂妮的魔力！」

我和莉特被水沖開，飛向了後方。我立刻採取護身倒法，著地後再站起來。

莉特似乎被沖到了升降機內的壁面上，但她同樣立刻重整態勢；而錫桑丹看起來像是在調整呼吸。

明明差一點劍就碰到錫桑丹的身體了……不過，他的魔法道具應該在剛才使用過後就耗盡魔力了。

錫桑丹依然處於被我和莉特夾擊的狀態。

我們還是占了上風。

（話說回來，那是木妖精的劍嗎？就惡魔用的劍來說還真是少見。而且他腰間那四把收在劍鞘裡的劍也很有蹊蹺。）

我和莉特同時蹬地而起，再次揮劍攻擊。

就在這時，後腦勺傳來一種令人戰慄的異樣感。

「魔法！」

我連忙準備採取防禦姿態。

「麻痺火焰！」

房間的一面牆突然消失，後面又出現另一道牆。

是在原本的牆壁前面製造出幻影牆作為躲藏的空間嗎？

毒火焰迸發出來，沿著地板衝向我和莉特。

那是一碰到就會被麻痺的攻擊魔法。

我和莉特的加護都不會賦予麻痺抗性。

莉特可以嘗試用精靈魔法抵抗，而我就只能仰賴高等級的加護靠毅力撐過去。

不過，那是指對手至少跟我們水準相當的情況下。如果對手是人類最頂尖的魔法師，我們幾乎不可能抵抗得了。

「艾瑞斯！」

施展魔法的人是腰間佩劍與錫桑丹相同的賢者艾瑞斯。那傢伙和錫桑丹聯手難道是瘋了嗎？

「去死吧！吉迪恩！」

火焰逼近，但閃亮的白色光膜搶先籠罩住我們。

「聖靈魔法盾。」

露緹用左手結了印。

長期對抗魔王軍下來身經百戰的露緹，早就猜到艾瑞斯可能會背叛。所以她剛才一直按兵不動地等著。

「艾瑞斯，我現在還能原諒你。投降吧。」

「露緹，現在還來得及。告訴我，妳想和我一起繼續勇者之旅。」

兩人同時再次結印。

「暴風巨槍！」

「聖靈懲戒。」

黑風之槍與聖罰之雷。

「賢者」與「勇者」的最上級魔法衝撞在一起，光是餘波就讓我和錫桑丹不得不先暫時休戰。

強烈的衝擊甚至讓堅硬無比的古代妖精建材出現了裂痕。

「在魔法上勢均力敵啊。」

露緹低聲說道。與此同時，雙方的魔法在互相制衡後消散。

這種情況下，不知該讚賞艾瑞斯能夠施展與勇者水準相當的魔法，還是該為擔任前鋒的露緹能夠施展與人類最頂尖魔法師平分秋色的魔法而感到傻眼。

如果露緹這種人才隨處可見，恐怕全世界的魔法師們都要哀嘆起自己的加護了吧。

這是超越人類境界的英雄們之間的對決。

「我、我不奉陪了啊啊啊！」

這時，戈德溫邁步狂奔起來，他的臉上明顯寫滿了恐懼。

「這和我無關吧！英雄就去跟英雄打啦！」

光是沾到邊就會被打飛的爭鬥持續延燒，戈德溫的精神似乎再也承受不住了。

他表情猙獰地朝出口跑去。

「站住！別隨便亂跑啊！」

我連忙叫道，但克制不住恐懼的戈德溫根本聽不進去。

「降臨吧，巨牙巨翼！萬獸之王啊！召喚精靈龍（Summon Spirit Drake）！」

艾瑞斯笑著施展魔法。

就在戈德溫快要抵達出口之際，魔力在他眼前聚合起來，創造出一個巨大的身影。

「噫！」

看到眼前的綠鱗龍獸，戈德溫發出尖叫，一屁股癱坐在地。

艾瑞斯用魔法召喚出來的精靈龍張大了長滿尖牙的嘴，朝著戈德溫迫近。

危機來了。但我移動的話，升降機裡的莉特就會被錫桑丹逼到無路可退。眼下根本無法動彈！

「嘰嘎啊啊啊啊啊！」

然而，戈德溫並沒有變成精靈龍的餌食。

一把飛刀刺中龍的右眼，龍扭動身軀嘶吼了起來。

「我們身邊是最安全的，請你老實待著別動。」

丟出飛刀的是媞瑟。

她面不改色地站在龍與戈德溫之間。

「沒、沒問題嗎？對手可是龍獸啊！」

一邊是比自己還要矮小的少女，一邊是眼前這頭宛如巨象一般的龍，戈德溫大概是認為兩者的體格差異太過懸殊了吧。

於是，他不安地這麼問道。

「我的加護確實不適合應對這種狀況。」

「喂……喂！」

「我來的話，要花上一分鐘才能解決。」

當然，媞瑟不可能會輸給區區的精靈龍。

只不過她在戈德溫以外的在場英雄之中，是需要花最多時間打敗精靈龍的那一個。

「刺客」加護的大部分技能都是讓有利的情況變得更有利，並不擅長保護他人的同時還要戰鬥。

即使如此，媞瑟的能力依然比最高階的精靈獸還要強。

媞瑟的話語鏗鏘有力。戈德溫沒辦法再多說什麼，就這樣癱坐在地上呆愣地看著她的背影。

＊　＊　＊

（目前為止都和預想的一樣……！）

如同艾瑞斯的計畫，露緹落單了。

夥伴們被支開後，露緹現在隻身與艾瑞斯對峙。

感覺到露緹的敵意集中在自己身上，艾瑞斯恐懼得彷彿心臟上插了一根冰柱，同時又湧起一股奇妙的激昂感。

（露緹剛才為了保護那個鍊金術師而遲遲無法採取行動，不過他已經和媞瑟一起移動到出口那邊了。就算是勇者，要在這種分散的情況下一直防禦我的魔法也會造成很大的負擔，否則她應該會用劍發動速攻。雖然我可以在她衝過來之前用魔法攻擊吉迪恩，但我也會因此自身難保。露緹是以我會自保為前提展開行動的。）

艾瑞斯用右手觸碰腰間的神・降魔聖劍。

（這正中我的下懷。根據錫桑丹的說法，只要拔出這把劍觸碰露緹的身體，就能強化「勇者」的加護。只要變回勇者，露緹肯定無法在這場戰鬥中行動，因為以效率而言，和我合作才是最佳選擇。成了勇者，她就絕不能和我敵對！）

只要露緹無法行動，剩下的不過是雜兵罷了。

倘若換作是達南、蒂奧德萊和亞蘭朵菈菈，艾瑞斯還會謹慎提防；然而目前在這裡的只有勇者隊伍裡的吊車尾吉迪恩和莉特，還有臨時湊數的媞瑟。艾瑞斯相信自己必勝無疑。

＊　＊　＊

我和莉特一前一後朝錫桑丹發動攻勢。

（這傢伙比之前交手的時候還要強啊。）

儘管前後夾擊的我們是處於有利的戰況，但錫桑丹剛才隔開距離後調整過呼吸，接連化解了我和莉特的聯合攻擊。

他不是三兩下就能解決的對手，但我們也沒辦法放慢腳步從容以對。

（露緹！）

和錫桑丹交戰的同時，我也掛心著露緹那邊的情況。

露緹目前正和艾瑞斯一對一單挑。

正常來說，艾瑞斯不可能有勝算。這一點艾瑞斯自己心裡應該最清楚。

然而，他在這種情況下也沒有逃往錫桑丹或精靈龍的方向，就代表他藏有計策。

「錫桑丹，你和艾瑞斯的佩劍哪來的？」

「哦？不愧是吉迪恩，很好奇嗎？」

錫桑丹佩服似的說道。

「你等一下就知道了。」

他呲牙裂嘴地笑了笑。

下一刻，不只我和錫桑丹，恐怕在場所有人都感受到了死亡的威脅。

我們有一瞬間忘記戰鬥，忍不住轉頭看向房間中央的露緹。

「武技：『大旋風』。」

露緹藉由加護賦予的強大力量，劃圓似的揮出迅捷凌厲的一劍。

一陣衝擊爆發開來，在堅硬的遺跡牆壁留下深深的傷痕。

也許是拜「勇者」之力所賜，露緹用武器使出的斬擊並沒有波及到我們。

但是，劍擊的旋風毫不留情地朝敵人席捲而去。

「噫、噫噫噫！」

發出這道聲音的是戈德溫。

精靈龍的頭顱滾落在他面前，發出光芒逐漸消散。

「竟有這般本事。」

接著是錫桑丹這麼說道。

他用來防禦的六把妖精之劍全數碎裂，下方的兩條手臂也流著血無力地垂下。

「啊、啊……」

最後是艾瑞斯的聲音。

他剛才似乎立刻拿出佩劍抵禦，自身並沒有受傷。

然而，劍身碎得慘不忍睹，只剩下劍骸。

「這、這怎麼可能……」

艾瑞斯哆囉哆嗦地顫抖著。難道那就是用來對付露緹的殺手鐧嗎？

一直鎮定自若的錫桑丹也臉色一僵。

不過，他簡短地嘆過氣後，又變回原本的表情。

「艾瑞斯，露緹交給我對付，照這個態勢繼續行事。」

「咦？呃……」

「劍會碎掉不在我的預期中，不過你的失敗倒是不意外。沒什麼問題。」

錫桑丹的腳重踏了一下地面。

「怎麼了，錫桑丹？剛才的從容都不見了啊。」

我挑釁他。

如果這樣就能打亂他的節奏是很好，但他沒有這麼容易對付吧。

「是啊，我就承認吧。你的妹妹是一個危險的存在。正因如此，她絕對不能不成為勇者。」

「這是什麼意思？」

「請小心！」

在我和錫桑丹互瞪的時候，媞瑟喊了一聲。

「有什麼東西從下面來了！」

「下面？糟了，莉特！快逃啊！」

「咦？」

我想要奔向莉特，只是錫桑丹擋住了我的去路。

「滾開！」

我舉起喚雷劍，往劍被擊碎、兩條手臂受傷的錫桑丹揮了過去。然而，我的攻擊被錫桑丹從腰間拔出的燦亮長劍擋了下來。

「你！這是降魔聖劍！」

一瞬間，錫桑丹的劍引開了我的注意力。那是只有短短一秒的時間。

不過，這一瞬間毫無疑問是被錯失的時間。

首先是莉特所在的升降機地板迸裂開來。

「第二頭精靈龍！」

那頭穿著鎧甲的精靈龍張開血盆大口，襲向人在狹窄升降機裡的莉特。

失去平衡的莉特朝壁面蹬了一腳，強行重整姿勢之後，舉著曲劍往精靈龍的臉部砍過去。

以莉特的實力，在這種狀態下也能夠應付精靈龍吧。

不過，莉特看到騎在精靈龍背上的人物後大吃一驚，停止了追擊。

「妳、妳是！」

「神聖鎖鏈。」

「這！咦？」

神聖鎖鏈綑綁住莉特的身體。即使是英雄莉特也無法抵抗這個強力法術魔法。

「蒂奧德萊！為什麼！」

無視莉特的叫喊，蒂奧德萊舉著長槍從升降機衝了出去。

察覺到事態緊急的露緹奔向升降機。

蒂奧德萊的長槍與露緹的聖劍碰撞在一起，彼此都停下了動作。

「為什麼？」

露緹難以置信地問著蒂奧德萊。

「這是為了這個世界。妳恨我也無妨，等一切結束之後我可以切腹謝罪。但現在，這個世界需要妳做出犧牲！」

這番話讓露緹產生了迷惘。

實力略遜一籌的蒂奧德萊壓制著勇者露緹。

「為什麼是我？為什麼我必須做出犧牲？」

「因為妳是『勇者』。」

「我從來沒想過要成為『勇者』。明明想要成為英雄拯救世界的人要多少有多少，為什麼一定要是我！」

露緹堅定自己的意志。她猛然往前鑽過蒂奧德萊的長槍，一劍往蒂奧德萊的鎧甲刺過去。

這一記刺擊連龍鱗都能貫穿，但蒂奧德萊扭動身體躲過直擊，並且擋開了她的劍。聖騎士的鎧甲發出尖銳的金屬音，露緹的劍往左偏移開來。

蒂奧德萊和達南一樣，是武藝達到巔峰的高手。

就算穿著鎧甲，這個大陸上恐怕也沒幾個人招架得住露緹這一擊。

「但妳不挺身應戰的話，會有非常多人喪命。」

蒂奧德萊的胳膊大幅度地往後一拉，收回了長槍。她收槍的速度簡直快如閃電。那槍尖兩端有大片的刀刃，刀刃迫近露緹的後背；而露緹這時候正垂著頭。

她就這樣握緊拳頭，頭也不回地舉起戴著手甲的手背擊打刀刃。

「什麼！」

這是一般劍術沒有的防禦方法。

只有露緹那超人般的體能才做得到這種絕技。

面對意想不到的防禦方法，蒂奧德萊也來不及做出反應，長槍被彈開後的力勁拉得她失去平衡。露緹趁機逃出蒂奧德萊的長槍攻擊範圍。

「我一定要犧牲自己去救那些見都沒見過的人嗎？」

「這是神的旨意。」

兩人的嗓音都像是硬擠出來似的。

如果是「勇者」，應該不會對自己的正義產生迷惘；但此刻在戰鬥的，是一個叫做露緹的少女。

露緹的實力遠高於蒂奧德萊。蒂奧德萊之所以能夠和露緹打得有來有往，恐怕是因為蒂奧德萊那番話讓露緹的劍勢有所遲疑吧。

「混帳！」

我咒罵一聲。好想趕到露緹身邊，代替她和蒂奧德萊戰鬥。

好想擋下蒂奧德萊那些無情地折磨著妹妹內心的言論。

然而——

「莉特！」

在升降機裡被蒂奧德萊的魔法束縛住雙手的莉特，又被精靈龍的利爪抓了起來。

「呵呵呵，戀人和妹妹，兩邊都需要幫忙。這下你難以做出選擇了吧，吉迪恩。」

錫桑丹那張獠牙外露的臉龐扭曲一笑。

要救出莉特的話，就必須突破眼前擋道的錫桑丹；而我如果往背後的露緹衝過去，錫桑丹就能輕鬆收拾掉動彈不得的莉特。

但是，錫桑丹很強。即使我和莉特聯合起來也打不倒他。

我在攻勢中穿插假動作，無數次舉劍攻向錫桑丹，但他手中的聖劍輕易化解了我的劍擊。這已經不是強度的問題，於是我立刻改變思維。

儘管廢了兩隻手，在拔出那把聖劍的瞬間，他的劍氣就強得像是換了個人一樣。

我不曉得那是不是真正的降魔聖劍，但至少應該是魔法劍的一種，正面接招的話，就算是我的劍肯定也不會沒事。

蒂奧德萊瞥了眼陷入苦戰的我。

「那就是現實。吉迪恩先生是人類最頂尖的劍士，但不是『勇者』的話，連自己的戀人都無法拯救。人類需要妳這樣的『勇者』。」

我看得出露緹的表情痛苦地扭曲起來。

可惡！緊咬的牙關咯咯作響。

一想到是自己陷入苦戰才害露緹感到痛苦，我就憤怒得幾乎要失去理智。

就在此時。

咚！

升降機發出一聲巨響。

那是雙手被綁住的莉特一腳把精靈龍的腦袋踢去撞牆所發出的聲響。

「開什麼玩笑。」

莉特直勾勾地瞪著蒂奧德萊。

「別擅自把我的性命交給『勇者』啊。」

莉特很氣憤，怒火衝天。

精靈龍搖搖晃晃地試圖再次撲咬過來，莉特再次將牠的腦袋往上一踹。

只見精靈龍的腦袋撞到天花板，身軀大幅度地向後仰。

由於精靈龍是從下方衝出來的，導致升降機的地板幾乎全毀，很難讓腳站穩。

再加上莉特的雙手被綁住，曲劍和魔法都用不了。

即使在這種情況下，莉特依然背對著精靈龍瞪向蒂奧德萊。

「但是，莉特，拯救妳的祖國的是『勇者』吧？妳也是證明這個世界需要『勇者』

的證人不是嗎？」

「妳錯了！」

「哪裡錯了？」

「拯救我和我的國家的不是『勇者』，也不是『引導者』，更不是『十字軍』。」

莉特第三次的飛踢又擊中了精靈龍的腦袋。

碎裂的龍牙飛出升降機後，掉在地上發出脆響。

「拯救我們的是露緹、雷德，還有蒂奧德萊！」

「……這不是一樣嗎？」

「完全不一樣！所謂的英雄並不是指加護的種類，而是指加護所寄宿的那個人！就算有『勇者』也無法拯救洛嘉維亞！正是因為你們告訴我們要振作起來奮戰，洛嘉維亞才得以獲救！我還以為妳和艾瑞斯不一樣，對這一點應該很清楚才對！」

「我是戴密斯神的僕人，除此之外的答案……當然不可能會有！」

「如果將世界存亡強加在一個不願意背負的人身上是神的旨意，那麼就算是神，我也會指責祂是錯的！」

聽到莉特的叫喊，蒂奧德萊和露緹都愣住似的一瞬間停下了動作。

「原來如此，人類還真有意思。」

錫桑丹和我舉劍交鋒的同時，如此喃喃說道。

「她說得有道理，勇者並不是『天生的』，而是『想要成為』勇者的人，才能成為勇者。然而，愚蠢的神卻不明白這件事。」

「你在說什麼……」

奇怪的是，錫桑丹似乎是發自內心感到讚嘆。

「但我們是敵人，真是遺憾。」

錫桑丹一邊擋下我的劍，一邊動起了腳。

「莉特！快躲開！」

錫桑丹靈活地將掉在地上的妖精之劍的碎片踢向莉特。

他瞄準目標，劍刃筆直地刺進了莉特的左腿。

「啊唔！」

莉特不由得發出苦悶的聲音。

鮮紅的血液順著她的腳從大腿流下，溼濡了地面。

「動手，精靈龍！」

錫桑丹喊道。龍的血盆大口從上方迫近雙手被綁住、連唯一能活動的雙腿也被刺傷的莉特。見狀，一股血氣直衝我的腦門。

「莉特！」

我放棄防禦，用盡全力朝錫桑丹揮出一擊。

不過，錫桑丹相當乾脆地閃到一邊，讓開通往莉特那邊的路。

我的背脊流下了冷汗。

（是圈套？）

錫桑丹在誘導我，這一切全都在他的掌控之中。

但是、但是、但是！

「喚雷劍！貫穿我的敵人吧！」

我聲如裂帛般大喝，舉劍刺入精靈龍的脖子一路直通頭頂，並衝進升降機內。

精靈龍當場斃命。維持不住身形的龍逐漸淡化消失。

我抓住莉特準備衝出升降機，視野中卻看到艾瑞斯正面露出勝利的微笑。媞瑟為了阻止艾瑞斯的魔法而丟出了兩把飛刀。

艾瑞斯用左臂護住臉擋下飛刀，鮮血從他的左臂濺出。

然而，縈繞於腦際的求勝慾壓下了那股疼痛。

「這下就結束了！鋼鐵障壁！」

我和莉特所待的升降機發出嘎吱聲響。那是從天花板傳來的。

艾瑞斯用魔法在升降機上方變出大量鋼鐵塊。升降機承載了遠超出載重量的重物，導致煞車器發出碎裂音。

「雷德！快逃！」

莉特喊道。

擁有「雷光迅步」的我，或許能夠自己逃出去。

只要我放開抓住莉特的手……

也許我是該放開。就算待在這裡，我也救不了莉特。

換作是吉迪恩時期的我，應該會做出最有效率的選擇吧？

「抱歉，莉特。」

不過，我現在是雷德。即使拿著喚雷劍，我也不再是那個為了在嚴苛的冒險生活中活下去而果斷決絕的我了。

明知不可能，我仍緊緊抓著莉特，試圖從升降機衝出去。

「哥哥！」

露緹也不再迷惘。她將蒂奧德萊為了牽制而揮出的長槍斬成兩半，再揮劍反擊回去，而這次確實貫穿了蒂奧德萊的鎧甲。

「不愧是『勇者』……正因如此……我才……」

身為人類最頂尖法術師暨槍術大師的蒂奧德萊倒下了。

她只壓制住露緹一小段時間。

但這段時間足以決定一切。

「贏了！這次終於是我贏了吉迪恩！」

在艾瑞斯的歡呼聲中，升降機彷彿要被鋼鐵塊壓塌，帶著我和莉特一起向下墜落。

第五章 引導者

擁有「勇者」加護的露緹，從出生的那一刻起就被抑制住大部分的情感。

尤其加護從1級就具有「恐懼」完全抗性，導致露緹連恐懼的滋味都不曉得。

「啊啊啊啊啊啊啊啊！」

這是露緹有生以來第一次脫口發出恐懼的尖叫。

最心愛的人即將死去，而且就在自己眼前。一旦死掉便再也無法相見，再也聽不到他呼喚自己的名字，再也無法觸碰他那溫暖的身體。

明明今後終於可以傳達自己的心意，明明今後理應就要和心愛的人一起度過平靜的日常（慢生活）。

露緹的心中有什麼正在慢慢破碎。某種一直支撐她熬過名為人生地獄的事物正逐漸流失而去。

「就是這樣。」

錫桑丹朝怔愣的露緹揚起四把神．降魔聖劍。

「不再是勇者的妳，因為兄長(吉迪恩)的死而產生動搖。在這一剎那，我是凌駕在妳之上的。一切的布局都是為了這一刻！」

即使在這種狀態下，露緹仍用降魔聖劍迎擊錫桑丹。她精準地擋開了錫桑丹的各種攻擊。

……室內響起聖劍臨終的悲鳴。

「妳剛才用那把仿劍擊碎了艾瑞斯的神・降魔聖劍確實值得讚賞，這甚至超出了勇者的境界。但現在該為此付出代價了。」

露緹手中的降魔聖劍的劍身斷成了兩半。

「之前那一擊，已經讓妳的劍受損了。」

錫桑丹揮動聖劍，劈開了自己和露緹周遭的地面。

眼神空洞注視著斷裂聖劍的露緹與錫桑丹，一同消失在這個房間下方的空間之中。

＊　＊　＊

靜謐的房間傳出了大笑聲。

「咯、咯咯咯咯、啊哈哈哈哈哈哈！」

艾瑞斯像是得到解放似的狂笑起來。

「贏了！這樣我就能繼續和露緹一起旅行了！怎麼樣，我可是比吉迪恩更優秀啊！這就是證據！那傢伙死了我還活著！贏家與輸家！賢者與愚者！啊哈哈哈哈哈哈！」

艾瑞斯邊笑邊用右手結印。

「疾刃颶風！」

猛然刮起藏有無數風刃的龍捲風。

龍捲風彈飛媞瑟再次丟出的飛刀，就這樣朝她席捲而去。

「呀啊啊啊啊啊！」

媞瑟渾身遭到切割，倒在自己流出的血泊之中。

「不過是個不乾不淨的殺手，竟敢對雇主兵刃相向。」

「……為什麼？」

「啥？」

「艾瑞斯大人不是喜歡露緹大人嗎？為什麼你做得出這種事？」

「我不懂妳的意思。露緹她可是『勇者』喔？」

因為是「勇者」，所以為了當「勇者」而做出任何犧牲都是應該的。

艾瑞斯一口咬定，這對「勇者」露緹來說是最好也是最幸福的。

媞瑟咬緊牙關，不顧傷口還在流血，站起身舉起了短劍。

「哦？真厲害啊，要是我可就站不起來了呢。不過妳只是在徒增痛苦，老實倒在地上我還可以饒妳一命喔？但前提是妳沒有出血致死就是了。」

把露緹大人託付給這種男人？這是不可能的事情。

就算戴密斯神允許，我也絕不允許。

露緹大人是勇者，更是我的朋友。她確實很強，但也很笨拙，思維脫離常識……還會墜入愛河。

露緹大人只是普通的女孩子而已！怎麼可能把我的朋友託付給連這種事都不懂的男人啊！

然而，媞瑟的身體卻無視她的意志倒了下去。艾瑞斯見狀笑了笑。

不甘心的淚水從她的雙眸滿溢而出。

媞瑟哭了……所以「牠」代替媞瑟擋在了艾瑞斯的面前。

「啥？」

蜘蛛從包包裡跳了出來，揚起雙臂阻擋著艾瑞斯。對手非常強，眼下沒有任何夥伴，毫無勝算可言。

但那又如何！憂憂先生挺起小小的身軀，勇敢面對傷害了朋友的「壞蛋」。看著那小不隆咚的身影，剩下的最後一人也站了出來。

「唔、唔噢噢噢！開什麼玩笑啊！」

戈德溫大吼著丟出雷石和發煙棒。轟響和煙霧包圍住艾瑞斯。

他不懂這場爭鬥有何意義。說到底，他本來就是被強行帶來這裡軟禁起來的，有滿肚子說不完的怨言。

剛才他也認為這些都與自己無關而逃跑，現在他內心還在埋怨為什麼自己會落入這種處境。

而且他是壞人。身為畢格霍克的左右手，他遭受過無數次他人的輕蔑，也是和惡魔聯手散播危險毒品的主犯之一。

即使如此，壞人也有壞人自己的想法和信念。

有不能觸碰的底線！

「我也是個壞蛋！但就算是我也絕不容忍那種不覺得自己在幹壞事的壞蛋！唯獨這一點我忍不下去！」

儘管戈德溫怕得牙齒咯咯打顫，還是拔出了能創造黑暗的魔法短刀如此大吼道。艾瑞斯看到他這副模樣，不禁感到傻眼。

「毫無價值的廢物。就是這樣我才討厭腦筋不好的傢伙。強力射擊。」

力場吹飛了魔法創造出的黑暗，戈德溫猛撞在牆上倒了下去。

艾瑞斯看著一動也不動的戈德溫，確定他和想像中的一樣只是雜兵後抬起了腳，然後毫不猶豫地踩扁在地上揚起雙臂的憂憂先生。

「你怎麼可能贏得了我。」

已經沒有人與他為敵了。

接下來只要去聽墊在鋼鐵障壁下面，被壓得面目全非的吉迪恩發出死前的慘叫就好。就像剛才踩扁的蟲子發出碎得稀巴爛的聲響一樣。

＊　＊　＊

升降機逐漸接近下層的地面。雷德和莉特大概再過幾秒就會喪命。

「呼……」

遍體鱗傷的壯漢將所有意識都集中到左手。

他看也不看逐漸迫近頭頂的升降機，想像著從雙腿傳來的力量經由左手爆發出去的畫面。

「我不懂太複雜的東西。蒂奧德萊的想法、勇者大人的想法，什麼是對的、什麼是錯的，一定只有我怎麼想都想不明白吧。」

達南握緊拳頭，因為治癒藥水而癒合的傷口再度綻裂流血。

「但只有一件事我可以說得很肯定！」

達南將磨練至今的所有武藝灌注在拳頭上，然後往上一舉。

「武技：『昇龍砲』！」

龍從達南的左手竄飛出去。這是達南一拳把海賊的槳帆船打穿一個大洞使其沉沒的必殺武技。只見龍貫穿了升降機，粉碎厚重的鋼鐵塊，不斷上升前進。

「吉迪恩！還有莉特！你們是我的戰友！所以我會幫助你們！不會讓你們死在這裡！只有這一點是絕對的！誰都別想多嘴！」

＊　＊　＊

「是達南嗎！」

由於蒂奧德萊陷入昏迷，束縛住莉特的神聖鎖鏈便解除了，但憑我們的技能還是沒辦法在這種無處可逃的地方處理掉頭上那個墜落中的龐然大物。在我差點要死心斷念之際，一條「氣」龍從下方穿透而上，破壞掉頭上的巨大鋼鐵。

「莉特，準備上了！」

「好！」

我們乘著龍，背靠背地用各自的劍將傾注而下的鋼鐵碎片掃開。

「達南！那傢伙總是會在緊要關頭出現啊！」

我們抓著達南的龍，一口氣回到了上層。

＊　＊　＊

我和莉特再次與艾瑞斯對峙。

「艾瑞斯！」

我們回來的時候，大廳的情況完全不同了。

沒看到錫桑丹和露緹的蹤影。房內有個大洞，他們是掉進那裡面了嗎？

蒂奧德萊倒在升降裝置附近，好像失去了意識。

媞瑟和戈德溫也都倒在地上，身負重傷。

艾瑞斯腳邊躺著被踐踏後受傷的憂憂先生。牠也挺身奮戰過了。

而左臂流著血的艾瑞斯用充滿憎恨的眼神瞪著我。

「為什麼！為什麼你沒死！憑那種垃圾加護是怎麼活下來的！」

我往艾瑞斯衝過去。對上人類最頂尖的魔法師，想要取勝就只能在劍攻擊得到的範圍內進行近身戰了。

艾瑞斯用右手結印，朝我們釋放暴風之槍。

「你這個該死的傢伙！去死！去死！去死——！暴風巨槍——！」

「唔！」

速度太快了，沒辦法澈底躲開！我咬緊牙關做好承受攻擊的準備。

「風精靈啊！為我們驅除災厄、賜予祝福吧！風之吹息——！」

耳邊傳來莉特的叫喚聲，風精靈們在我周圍翩翩起舞。

巨大的暴風之槍貫穿了我們，帶來猛烈的雷擊和暴風。

「唔呃呃呃呃！」

雖然莉特的魔法無法完全抵消掉艾瑞斯的魔法，但還是將威力削減到足以令我們維持意識的程度。

我身後的莉特被彈飛，接著響起她摔在地上的聲音。而後，沒有站起身的跡象。

莉特放棄自己的防禦，使出所有力量保護了我。

我咬牙忍住想要回頭的衝動。回頭是在浪費時間，做這種事只會辜負莉特拚死一搏的意志。

這比艾瑞斯的魔法更讓我痛苦難受。

艾瑞斯已經近在眼前。再走三步，我的劍就攻擊得到他了！我絕不會讓他有機會施展魔法！

＊　＊　＊

（他大概是這麼想的吧……）

艾瑞斯在心中肯定這次一定會獲勝。

（吉迪恩，在你離開之後，我學到了更強大的技能。運用雙手進行祕術與法術的「連續發動」，僅限賢者可以施展的即死法術「生命殞滅」已經準備就緒了。少了莉特的精靈魔法支援，加護也沒有即死抗性的你絕對抵擋不住我的即死魔法！就算是你那可恨的頭腦也對付不了沒見過的技能！勝利是我的！這次我一定要殺了你！）

賢者艾瑞斯打算使用左手發動魔法，上面還插著媞瑟丟出的飛刀。

但就在這時，他左手食指卻不聽使喚地擅自動了起來。

左手的結印走了樣，他沒能成功發動魔法。

「什──？」
艾瑞斯回過頭，便見倒在血泊中的媞瑟揚起本應屬於他的勝利微笑。
「別小看我的朋友啊。」
艾瑞斯的食指上纏著憂憂先生的蜘蛛絲，而媞瑟正拉著那條絲線。她知道艾瑞斯會使用連續魔法的技能，所以她一直伏臥在地，靜待那一瞬間的到來。
憂憂先生不是尋常的蜘蛛，牠和媞瑟一同成長至今。
牠的加護是「鬥士」。雖然這是只能強化體能的最下級加護，但至少光用踩的還沒辦法置牠於死地。
憂憂先生並非不假思索就衝出去。牠忍著被踐踏的痛楚，在艾瑞斯的手指纏上了蜘蛛絲。
「但、但是，我不可能渾然未覺啊！」
話雖如此，一般來說艾瑞斯理應能察覺到能力不如自己的憂憂先生的行動才對。
「嘿、嘿嘿。」
倒在地上的戈德溫無力地笑了笑。
「……竟、竟然為了一隻蜘蛛搏命硬拚……我也真是落魄啊。」
戈德溫丟出的雷石、發煙棒，以及賭上性命的抵抗，這一切全都是為了掩護憂憂先生所做出的行動。

「唔，噢、噢噢噢噢噢！」

雷德正在逼近，艾瑞斯拚命試圖使用魔法。

兩人加一隻所爭取到的時間甚至不到蒂奧德萊那三十秒，僅僅只有一瞬間，而且造成的妨礙只是讓艾瑞斯的一根手指無法自由活動而已。

然而，兩人加一隻卻相信著這一秒，認為只需這一秒，雷德就必定能獲勝。

＊　＊　＊

我的喚雷劍砍飛了艾瑞斯嘗試使用魔法的右手。

「嗚、嗚啊啊啊啊！」

我不理會他的慘叫聲，接著砍飛他的左手。

「要發動魔法就必須用手結印！這下你再也用不了魔法了吧！」

「啊、啊啊啊、啊啊啊啊啊啊！」

艾瑞斯失去了雙手。對身為「賢者」的艾瑞斯來說，這等同於奪走了他的一切吧。

他失去了魔法。

「艾瑞斯，到此為止了。」

我高舉著劍，準備送艾瑞斯最後一擊。喚雷劍反射著房內照明散發出光輝。

「救、救命！錫桑丹！我要被殺了！蒂奧德萊！快復原我的手！誰來、誰來救救我！快救救我！」

艾瑞斯癱坐在地，著急地求救著。但是，沒有人回應他的呼喊。

「為、為什麼？為什麼都是你？明明我更強，明明我更賢明，為什麼每個人都站在你那邊！」

「你還不懂嗎？」

艾瑞斯看著我，眼神充滿絕望。

「放、放過我……我、我只不過是想當個稱職的『賢者』而已，吉迪恩，我……我真的……」

「不行。」

我凝聚所有力量，朝過去的戰友揮下了喚雷劍。

劍從艾瑞斯的肩頭一路劃到胸側，將他的身體澈底斬成兩半。

鮮血從他的口中滿溢而出。

「夢、夢想，我的……夢想……」

艾瑞斯那被鮮血染紅的嘴巴口齒不清地喃喃說著，彷彿要抓住什麼東西似的朝天花板舉起流血的雙臂。

莉特、媞瑟、憂憂先生、戈德溫再加上我，在場所有人都看著這一幕。

最後他「咳嗚！」一聲，咳出了血。

「……父親……」

宛如孩子般純真的嗓音如此輕喃過後，賢者艾瑞斯再也沒有任何動作了。

賢者艾瑞斯就此死去。

＊　＊　＊

耗盡力氣的達南拖著搖搖欲墜的身軀。

在升降裝置外面的亞爾貝連忙扶住他。

「不要緊吧？」

亞爾貝遞出最後一瓶特級治癒藥水，達南接過來仰頭一飲而盡。

裂開的傷口又癒合了，但他的氣色並未恢復。

還有很多部位因為內出血而瘀青。

他全身上下都是治癒魔法也治不了的重傷。

「我只是有點累了。」

「換作一般人早就死掉了。而且就算用了治癒藥水，流掉的血也回不來啊。」

「不就血而已，吃點肉就會增加了吧。」

說著，達南從懷裡掏出肉乾打算吃掉，但亞爾貝拚命阻止了他。

「你的內臟也殘破不堪了，不能吃啦！比起這個，升降機來了，我們也上去吧。」

雖然中間的升降機已經毀損，但左右兩臺還可以正常運作。

達南去救雷德他們的時候，亞爾貝費盡千辛萬苦操縱著控制盤，好不容易才讓升降機降了下來。

「咕，要是平時的話，這種垂直洞穴我用跑的就能上去。」

「連魔法都不用嗎……」

亞爾貝和達南走進升降機。

「話說回來，蒂奧德萊也真是個讓人搞不懂的傢伙啊。自己去跟隨艾瑞斯和錫桑丹，卻要你過來幫我，這種行為也太沒道理了吧。起初我以為她是為了救還有一口氣在的我而故弄玄虛，但好像也不是啊。」

蒂奧德萊確認過倒地的達南還活著之後，在那個擺著棺材的房間答應錫桑丹和艾瑞斯會協助他們。蒂奧德萊的意外之舉令艾瑞斯大吃一驚，但他也很高興有人理解自己，便按照她說的前往大廳。

這段期間，利用蒂奧德萊的隱匿魔法潛伏起來的亞爾貝在所有人離開房間後，餵達南服下治癒藥水並進行急救處理。

「是啊……或許，蒂奧德萊小姐自己也不明白吧。正因為她不明白，才會做出那種矛盾的舉動。」

「真是搞不懂！」

達南皺眉說道，臉上表現出強烈的不滿。

「如果蒂奧德萊和勇者大人為敵，那她現在已經沒命了吧。」

「會是這樣嗎？蒂奧德萊小姐也很強啊。」

「是沒錯。我、蒂奧德萊還有艾瑞斯都擁有能夠獨自幹掉幾千個戰士惡魔的實力。但是，勇者大人和我們不在同一個級別。」

「……有這麼誇張？」

「打起來的話，蒂奧德萊是沒有勝算的。就算我們三人加上亞蘭朵菈菈、媞瑟還有雷德也贏不了。」

亞爾貝露出不安的神色。達南之所以不悅，是因為他覺得蒂奧德萊已經死了。

「抱歉啊，要是我的身體能再動得自如一點，我就可以立刻帶你上去了。」

看著亞爾貝的模樣，達南低聲這麼說道。

＊　＊　＊

鏗鏘一聲金屬音。

穿著鎧甲的露緹沒有採取護身倒法，直接重摔在地上。

「…………」

露緹怔怔地仰望著天花板的窟窿，而錫桑丹則是輕輕落地。

兩人形成對比。錫桑丹舉起四把神．降魔聖劍。

「那麼，妳現在心情如何呢，勇者？」

「為什麼？我明明只是想和哥哥過著平靜的生活而已。」

「唔，還有自我意識嗎？」

露緹並沒有在看錫桑丹。

如果是勇者，理應會看向錫桑丹這個阿修羅惡魔。

「妳果然很危險啊，勇者露緹。我必須以阿修羅之名，在此將妳斬殺。」

錫桑丹往持劍的手中注入力量。

神．降魔聖劍更加燦亮，強大的能量流進錫桑丹體內。

「妳很強，但神．降魔聖劍正是為了討伐妳這種存在而打造出來的聖劍。而這些聖劍既然到了阿修羅的手上，那就沒有討伐不了妳的道理！」

對手是失去武器的少女。即使如此，錫桑丹的神情仍未見一絲從容。

他縱身而起。

四把聖劍襲向露緹，但露緹緩緩站起身，並同時用斷掉的聖劍將錫桑丹的攻擊全數擋開。

「噢噢噢！」

錫桑丹大吼了起來。神．降魔聖劍的光芒倍增，終於命中了露緹的左臂。被砍中的露緹受了傷，腳步踉蹌地往後退去。

「……我想要正常生活有這麼不好嗎？」

「真是諷刺啊。為了防止發生這種事態的加護，卻反而創造出了足以承受住加護衝動的精神力。沒錯，妳必須作為勇者活下去，這是世界所期望的。」

「世界？」

「話雖如此，我們阿修羅對於妳的處境也有責任，我知道這麼做很對不起妳。不過呢，就算我們消滅憤怒魔王，不作當今的魔王，神和人民想必也不會允許勇者過著寧靜的生活。」

露緹聽不懂錫桑丹在說什麼。

喀啷一聲脆響。

那是露緹丟掉斷劍的聲音。

「我從來沒說過想要成為勇者。我不需要這種力量。」

「不行，把劍撿起來。」

露緹垂著左手，周圍的空氣彷彿感到害怕似的產生震動。

錫桑丹將手中的一把劍扔到露緹面前。

「撿起來，勇者露緹。」

然而，露緹看都不看那把勇者應該持有的神．降魔聖劍。

「多虧你的一席話，我想起了這種胸口灼熱的感受。這是憤怒……是怒火。」

錫桑丹做好了覺悟。他舉起三把聖劍迎戰露緹。一旦進入攻擊範圍，他就要斬下她的首級。

（雖說這份力量是源自於「惡魔加護」，但沒想到會如此明顯可見。身為阿修羅以及這些劍的持有者，有責任與義務非得在這裡斬殺她不可。）

露緹從雷德身上學會巴哈姆特騎士團流的劍術，並以此為基礎在實戰中創造出可以說是自成一格的勇者流劍術。

但是如今的露緹將那些武術理論全都拋到腦後，她只想把心中翻騰的凶暴情感傾瀉出來。露緹慢慢收起右手。

她什麼都沒在思考，只是——

「把我的……把我和哥哥的日常還來。」

說出了令自己如此憤怒發狂的情感本質。

一旦承認，之後就只剩下爆發了。

露緹從錫桑丹的視野內失去蹤影。

（好快！）

錫桑丹立即擺出防禦姿勢。

（但就算再快，那也不過是拳頭罷了。用劍擋住後反擊回去，這樣就贏了！）

面對直衝過來的露緹，錫桑丹將劍交叉舉著準備防禦。

「喝啊啊啊啊啊啊啊啊啊啊——！」

勇者露緹第一次在戰鬥中發出咆哮。

往常身為勇者那冷靜自持的模樣已不復存在。現在的她並不是勇者，而是作為露緹應戰。

「……怎麼可能？」

一擊便分出了勝負。

錫桑丹的手臂失去力量，劍從手中滑落到地上。

三把神明賜給初代勇者的聖劍盡數粉碎。

「咳呼……」

錫桑丹口中溢出鮮血，用顫抖的手摀住嘴巴。

（這可是致命傷啊。）

他本來該摀住傷口才對……但腹部的大洞用六隻手也摀不住。

（不過，勇者碰到了神．降魔聖劍……這樣也算達成最低限度的目標了吧。）

錫桑丹泛起心滿意足的笑容倒了下去。阿修羅就這樣倒在地上一動也不動。

任何人都看得出來他已經死了。

＊　＊　＊

「這樣就沒事了。」

我取出倒下的蒂奧德萊傷口裡的鎧甲碎片，餵她喝下治癒藥水後，她的狀況便穩定了下來。

「幹嘛救她啊？」

戈德溫一臉不滿地說道。

「蒂奧德萊是夥伴啊。」

「啥？這傢伙可是差點間接害死你耶。」

「是啊，但她一樣是夥伴。」

「我呢，很討厭那種自己是壞蛋還不自知的傢伙，但你這種以聖人自居的模樣也很討厭。」

看到戈德溫生氣，我露出苦笑。

「不是的，你誤會了。蒂奧德萊確實做出了敵對的行為，可是——」

我看著自己的手。手還在顫抖。

「就算她是敵人，手刃一起旅行的夥伴——我也不想讓妹妹品嘗這種滋味。」

艾瑞斯是敵人，我砍了他並不後悔。

然而，沒辦法輕易釋懷也是所謂的人之常情。

「既然你這麼說，那就算了……」

戈德溫臉色尷尬，沒再多說什麼。

「別管這個了，接下來得去救露緹才行。」

雖然所有人都喝了治癒藥水，喝不了藥水的憂憂先生也用莉特的精靈魔法治療過了，但坦白說大家都遍體鱗傷。

「雷德先生，你要去嗎？」

「這是當然的。」

「那我也要去。」

媞瑟說完站了起來。憂憂先生原本正在莉特的手中休息，但媞瑟一站起身，牠就揚起手表示自己也要一起去。

「沒關係，憂憂先生就專心療傷吧。」

「抱歉，如果我能更加集中精神施展魔法就好了。」

「莉特小姐受那麼重的傷，這樣已經很足夠了，謝謝妳。」

論傷勢莉特可能是最嚴重的。艾瑞斯全力釋放的魔法直接打在她身上，現在全身上下還留著慘不忍睹的燒傷和傷口。

受傷的腿也沒癒合，她的坐姿很不自然。

「只要打倒錫桑丹就結束了，和達南會合之後就回去吧。」

我對莉特這麼說道，並對她笑了笑讓她安心。

這時，大洞那邊傳來了叫喊聲，接著就是猛烈的衝撞聲。

「露緹？」

剛才那是露緹的聲音！

可是，露緹怎麼會在戰鬥中大叫？

我右手拿起喚雷劍打算跳進洞裡。

不過，一道身影飄舞似的從洞裡躍出，擋住了我的去路。

「露緹！妳沒事嗎？」

那個身影是露緹。她臉上沒有表情，拿著錫桑丹那把降魔聖劍的右手無力垂下，就這樣恍惚地佇立在原地。

「露緹？妳還好嗎？」

露緹的樣子不太對勁，我擔心地打算走到她身旁。

「咦？」

就在此時，媞瑟猛然拉住我的肩膀。

接著，她擠進我和露緹之間。

一股血腥味瀰漫開來。

「媞瑟！」

滴答一聲，鮮血從降魔聖劍上滴落。

媞瑟癱倒下去，我用左手接住她。

少女的衣服轉眼間就被鮮血染紅。

「不可以，露緹大人，這個人……是妳最重要的人……不能……傷害……他……」

砍傷媞瑟的是露緹。

她依然用空洞的表情凝視著我們。

「是、是殺戮衝動！」

戈德溫喊道。那是惡魔加護的副作用，在佐爾丹引發的事件我至今記憶猶新。副作用也發生在露緹身上了嗎！

大廳響起兩把劍交鋒的尖銳聲響。

「莉特！戈德溫！媞瑟就拜託你們了！」

我將媞瑟放在地上，雙臂使勁壓制著與我短兵相接的露緹。戈德溫趁機迅速抓起媞瑟的身體退到後方。

「唔！」

當我的意識轉移到後方的瞬間，露緹一腳狠狠踢中我的腹部。

劇烈的衝擊讓我的身體發出悲鳴。

露緹接著又揮出一劍，我舉起喚雷劍擋了下來。

嘎吱一聲，響起不妙的聲音。

我往後跳開幾步與她保持距離。

然後看向喚雷劍。

「……一直以來謝謝你了。」

喚雷劍的劍身出現無數裂痕，承受露緹那一擊之後，劍身裂了一半左右。

我想，它再也無法戰鬥了。

然而，如果喚雷劍斷掉的話，我大概也會被砍倒吧。

直到最後一刻，它都是一把名劍。

我將喚雷劍輕輕放在地上，將手放在佩帶在腰間的「銅劍」劍柄上。

我就這樣維持著拔劍的姿勢，與露緹正面對峙。

「太、太魯莽了！你打算用那種寒酸的武器迎戰嗎！」

背後傳來戈德溫的說話聲。

的確，這把銅劍只是個無法與喚雷劍相提並論的便宜貨。

露緹緩緩揮起劍。

我聚精會神。勝負只在一瞬間。

銅劍很弱，刃口不夠鋒利，而這表示銅劍比鋼劍柔軟，柔軟可能也就沒有鋼鐵那樣的強度。然而！

配合露緹這一擊，我用手指扣住十字劍格而非劍柄，抓住劍身拔出劍來。

巴哈姆特騎士團流十字劍格反擊。

這不是加護的武技，而是劍術。

其目的在於握著劍身拔劍，用十字劍格與劍柄的部分來抵擋對手的劍，是一種防禦招式。

劍身、劍格到劍柄是一體成型的巴哈姆特騎士團鋼鐵長劍，或者我現在手上這把銅劍就適用於這一招。

本來還需要戴上手甲，但既然銅劍的刃口不鋒利，那徒手握劍也不至於割斷手指。

露緹這一擊打在銅劍上。

那可是連名劍都能擊碎的降魔聖劍，區區銅劍不可能招架得住。

不過，由於兩把劍的硬度差距過於懸殊，因此銅劍並不是碎掉，而是劍格到劍身的部分宛如奶油一般逐漸被切開。

「唔！」

這一剎那，我持劍的手指使勁扭轉銅劍。

聖劍正夾在裂開的銅劍之中。只要扭轉銅劍，聖劍理所當然會受到旋轉方向的力量。我奪下了露緹手中的聖劍。

喀啷一聲，聖劍與銅劍一起掉在地上。

雖然這種做法類似於讓對手的劍砍入木盾再奪下劍的招數，不過用劍奪劍我也是第一次。

能成功真是太好了！

然而，我也失去了武器。何況露緹還會魔法，最重要的是我們的實力落差太大，甚至我對上赤手空拳的露緹也絕對沒有勝算。

「…………」

露緹停下了動作，沒有要朝我揮出必殺之拳的跡象。

「幸好事先跟戈德溫打聽過惡魔加護的事。」

我低聲這麼說道。

惡魔加護的殺戮衝動源自於惡魔的加護。

而現在的惡魔加護中並沒有惡魔的加護。產生的加護是從露緹體內誕生的。

既然如此，那就不應該出現什麼殺戮衝動，因為露緹不可能會想殺人。敢如此斷定的不是旁人，正是身為她哥哥的我。

這麼一來，現在支配著露緹的殺戮衝動是從哪裡來的？用刪去法之後，原因只剩下一個。

「那是留在她身上的另一個加護，也就是『勇者』的加護。」

這是加護對於露緹要走自己的人生一事，做出的最後抵抗。

這恐怕是錫桑丹的劍導致的吧。這個加護想要殺光鼓吹露緹放棄當勇者的我們。

啪嗒一聲，響起水珠溢出滴落的聲音。

我走向露緹。然後，用力摟住了她的肩膀。

「唔、嗚嗚啊啊啊啊啊啊啊！」

砍傷摯友媞瑟，又為了殺死我而被迫揮劍，這兩件事不知對露緹的內心造成了多大的創傷。

露緹在我懷中扭曲著臉嚎啕大哭，聲音中帶有憤怒、悲傷、懊悔與安心……各種情緒混雜在一起。

＊　＊　＊

耳邊傳來升降機的煞車器夾住軌道的嘎吱聲響。
「嗯，果然都結束了啊。」
達南和亞爾貝從升降機裡走了出來。
嗯？為什麼亞爾貝會在這裡？
「蒂奧德萊小姐！」
不理會我的疑問，亞爾貝看到蒂奧德萊倒在地上就臉色大變地衝了過去。
「不要緊。雖然傷口很深，但沒有生命危險。」
「……太好了。」
看樣子亞爾貝是和蒂奧德萊一起來的。
包含艾瑞斯的事在內，之後真想好好問一下到底是怎麼一回事。
達南看到哭泣的勇者似乎感到很吃驚。
「達南，剛才多虧有你相助，謝謝你。」
「不用道謝啦。反而是我來得太晚了，真是抱歉。」
「你也不用道歉啦。錫桑丹……還有艾瑞斯都死了。事情已經落幕了。」
「這樣啊。」
我和達南看向已經不會動的艾瑞斯，然而我們臉上都沒有勝利的笑容。

「雷德！露緹！快過來！」

這時，莉特近乎尖叫的聲音響徹了大廳。

「只靠我治不好媞瑟的傷！你們快過來！」

在我懷中哭泣的露緹猛然回神，眼淚都來不及擦掉便奔向媞瑟。

當然，我和達南也跑了過去。

「媞瑟……！」

媞瑟臉色蒼白，失去了意識，被血染紅的衣服令人看了痛心。

「呼吸和脈搏都沒了！」

莉特的雙眼還泛起淚水。她知道靠自己的魔法和藥水是救不了媞瑟的。

「交給我。」

露緹對著媞瑟舉起右手開始集中意識。

勇者的技能「治癒之手」連瀕死狀態的人體都能夠令其「再生(Regenerate)」，不同於一般的「治癒」。

這是1級就足以匹敵上級法術的超常技能。

此外，隨著技能等級改變，效果也會有飛躍性的提升。即使莉特的精靈魔法不能治癒媞瑟的傷勢，露緹應該也能治好。

然而，露緹就這樣用手對著媞瑟，什麼也沒發生。

「為什麼……我觸碰不到加護！」

「觸碰不到加護？難道是失控的反作用力，讓加護暫時失能了嗎？」

我想起之前向野妖精打聽祕藥的時候，他們說如果經常服用操弄加護的藥物，加護就會陷入沉睡。所謂的沉睡，指的大概就是暫時失去力量的意思吧。

儘管這次的情況不太一樣，但露緹恐怕是暫時失去了「勇者」的力量。

「為什麼？為什麼啊……從以前到現在一直任意擺布我，硬拉我去應戰，還有傷害媞瑟的就是『你』吧……為什麼偏偏在我需要借助力量的時候陷入沉默啊！」

露緹喊道。但是不管她多麼渴望「勇者」的力量，甚至流著淚苦苦懇求，加護依舊沒有回應。

「露緹……」

我們眼睜睜看著媞瑟的生命逐漸流逝卻束手無策。

憂憂先生歪著頭，像是要搖醒媞瑟似的不斷用雙臂敲打她的手，但她沒有看向憂憂先生並露出平時那樣的微笑。

「喂……喂，你們不是英雄嗎？快想想辦法啊！」

見到我們的模樣，戈德溫大喊道。可是，達南和我都無力拯救現在的媞瑟。

「我不要，好不容易……好不容易才交到了朋友，我卻……我卻親手──！」

露緹抱起媞瑟的身體痛哭失聲。都這樣了，難道我一點忙都幫不上嗎？

如果我不是「引導者」，而是其他能夠使用魔法的加護……！

「我來治療她吧。」

背後傳來一道嗓音。

那是被亞爾貝攙扶的蒂奧德萊。

「蒂奧德萊……」

「治療夥伴是我的職責。」

我和達南退到一旁，讓路給蒂奧德萊。

「可、可以相信她嗎？」

戈德溫不安地問。

在他眼中，蒂奧德萊是半路殺出來差點把我和莉特逼上絕路的敵人，會擔心也是理所當然的。

「嗯，放心吧。」

但我如此向他保證。

「吉迪恩，謝謝你願意相信我。」

蒂奧德萊虛弱地笑了笑，在亞爾貝的幫忙下坐到媞瑟和露緹身旁。

「再生。」

蒂奧德萊發動上級法術後，溫暖的光芒便包覆住媞瑟的身體。

慘不忍睹的傷口轉眼間就癒合，蒼白的臉龐也恢復了血色。

接著——

「有脈搏了……！」

莉特握著媞瑟的手臂，臉上綻出光采喊道。

「呼吸也回來了。」

露緹的臉頰緊湊著媞瑟的臉龐，啞聲這麼說道。

媞瑟得救了！

「這樣就可以了。」

停止發動法術的蒂奧德萊用顫抖的雙唇深深吐出一口氣後，渾身無力地倚在亞爾貝身上。

「抱歉，亞爾貝。讓你看到了英雄不該有的醜態。」

「現在最要緊的是治療妳自己啊！藥水全都給了達南先生，一瓶都不剩了啊！」

然而，蒂奧德萊並沒有治療自己的傷勢，只是眼神虛弱地注視著露緹。

「我不會要妳原諒我。我現在依然覺得我只能那麼做。」

「……就算那樣會害死哥哥也是嗎？」

「這是為了拯救世界。妳已經不打算繼續當勇者了吧？」

「…………」

「想當然是如此，畢竟妳是我們之中唯一被迫上戰場的人。即使妳放棄旅行，又有誰有權利指責妳。」

「沒想到妳會這麼說。」

蒂奧德萊說起話來有氣無力。

儘管她嘴上說只能那麼做，表情卻怎麼看都像是在後悔。

「吉迪恩離隊之後我就在想，為什麼妳沒有去追他。」

「…………」

「是因為和勇者之旅無關嗎？準確來說並不是。少了吉迪恩，我們的隊伍就變得四分五裂，想必沒多久就會解散。妳應該也很清楚這一點吧？」

「嗯。」

「既然如此，妳應該能以旅途不順為由去追吉迪恩才對，但妳沒能那麼做……我有一陣子都在思考原因所在。」

蒂奧德萊露出自嘲的笑容。

「是因為無論艾瑞斯、達南、我還是吉迪恩，都不被『勇者』所需要。就算我們解散隊伍，『勇者』也可以不吃、不喝、不眠、不倦地繼續前進。妳之所以配合我們的旅程，甚至都是出於『勇者』加護的慈悲，我說得沒錯吧？」

「……沒錯。」

露緹答得很小聲，但肯定地點點頭。

原來是這樣啊。我原以為自己扯了勇者隊伍的後腿……結果從露緹的角度來看，所有人都一樣是在扯後腿嗎……

「繼續旅行的話，想必總有一天只會剩『勇者』一人毫不停歇地繼續走下去。誰會想要踏上那種旅途？沒有同行的夥伴，獨自在暗黑大陸的淒寒荒野中不斷前進，沒有人不會對這種日子感到絕望。然而『勇者』不會害怕也不會絕望……遲鈍的我這才終於發現，所謂的『勇者』是何等孤獨且殘酷的宿命。」

「那妳為什麼要這麼做？」

「就是如此才要這麼做。妳絕對不會繼續『勇者』之旅。這很正常，為什麼非得守護這個強逼自己踏上這種旅途的世界？妳理當會這麼想……但即使如此，我依然認為能夠拯救世界的只有『勇者』。哪怕要犧牲一名少女、親手殺害她所愛的人，我也要守護這個世界。正是這個緣故，戴密斯神才會創造出『勇者』的加護，並賦予我『十字軍』的加護，這便是身為聖職者的我所得出的結論。就算要扼殺妳的意志，我也要讓妳作為『勇者』而活。」

「蒂奧德萊，可是我──」

「我是否有錯，世界與神將會裁定。我失敗了，所以已無所謂，我不會再強求妳任何事。請妳自由地，並且幸福地活下去吧。」

說著，蒂奧德萊閉上了雙眼。

「謝謝，我已經不要緊了，動手吧。我背叛了妳，試圖奪走妳最重要的人，同時也是我最珍重友人的性命。身為一個人，這是無可饒恕之事。」

露緹懷中的媞瑟微微動了一下。這是她還活著的證明。

蒂奧德萊揚起嘴角。

「最後能救到妳的朋友真是太好了……我老是在拖累妳，不曉得最後有沒有稍微派上一點用場。」

露緹始終沉默不語。

「請等一下！」

這時亞爾貝喊道。

「這、這種話或許不該由我這個凡人來講！但是拜託，請妳原諒蒂奧德萊小姐！」

「亞爾貝……」

自尊心那麼高的亞爾貝，竟然為了別人而卑躬屈膝。

坦白說，這一幕讓我很意外。

「我一直想成為英雄，成為自己的選擇會決定世界命運的英雄。我仰慕你們很久了。可是，我沒想到決定世界命運的選擇竟然如此殘酷。」

亞爾貝彎著腰繼續說：

「蒂奧德萊小姐自己也不知該如何是好，一直很苦惱。原以為她選擇與惡魔為伍，卻又幫助了達南先生，做出自相矛盾的舉動……可那是她夾在戴密斯神的教誨和勇者朋友這個身分之間，歷經一番煎熬與苦思之後所採取的行動……或許她錯了，你們可能覺得她很愚蠢，但蒂奧德萊小姐是英雄。無論藉由什麼樣的形式，她都是以自己相信的方法為世界而戰。所以，拜託妳饒她一命……！」

亞爾貝表情急切地懇求著露緹。這或許是只有比任何人都想成為英雄，卻沒能如願的亞爾貝才說得出的一番話。

露緹一語不發地凝視著亞爾貝。

這時，她懷中的媞瑟睜開眼睛。

「露緹大人……妳沒事呀。」

「媞瑟！妳醒了嗎？」

媞瑟似乎還沒完全恢復，但氣色已經好轉，再休息一陣子應該就能活動了吧。

看到媞瑟睜開眼睛，憂憂先生欣喜地跳到她的肩膀上。

憂憂先生在她肩上手舞足蹈，媞瑟見狀也微微一笑。

「是的，很抱歉讓妳擔心了。」

「我為什麼不能擔心妳呢？請妳不要道歉……妳能沒事真的太好了，對不起我砍傷了妳。」

露緹溫柔地緊抱住媞瑟，為她的平安感到開心。

當然，我也非常開心。莉特也牽著我的手笑了起來。

「……放心吧。」

露緹表情一緩，朝亞爾貝和蒂奧德萊露出微笑。

「我不能原諒妳試圖傷害哥哥和莉特，但也是多虧了妳，媞瑟才能得救，所以我就不再計較了。」

說完，露緹看向莉特和我。

「對我來說，媞瑟也是重要的朋友。而且我身上的傷都是錫桑丹和艾瑞斯那傢伙弄的嘛。」

「我也一樣啊。再說，媞瑟是為了保護我才受傷的，她沒事真的是萬幸。」

聽到我們這麼說，露緹點了點頭。

「沒有人恨妳，我也不會傷害妳……不過……」

露緹垂下頭，看起來滿是歉意，但又堅定著意志繼續說下去。

「我要作為露緹而活。」

「這樣啊。」

露緹緘口沉默了一會兒。

她似乎正在將自己的想法組織成言語。

整理好思緒後，她直視著蒂奧德萊，接著說道：

「其實我從來就不是個稱職的勇者。如果說這世上有勇者的話，那我覺得為了世界奮戰而負傷的妳更適合這個稱呼。」

聽到露緹這番話，蒂奧德萊大感震驚。

「我？這怎麼可能……」

「妳一路為了世界奮戰，現在也身負重傷，陷入了苦惱。我認為這份意志才是勇者的證明。」

語畢，露緹將斷掉的降魔聖劍遞給蒂奧德萊。

蒂奧德萊緊盯著降魔聖劍，似乎在腦中不斷重複著露緹所說的話，想要理解其中的含義。

「蒂奧德萊。」

我朝困惑的蒂奧德萊說道：

「我覺得真正的勇者一定不是孤獨的。」

「真正的勇者？」

「就是並非碰巧獲得『勇者』的加護，而是憑自身意志想要拯救世界的勇者。大概不會有『勇者』那麼強，但身邊會有很多同樣想要拯救世界的勇者。讓這些集結的希望統合起來，同心協力打敗魔王。在無關加護的情況下，具有願意為世界而戰的意志並付諸實行的人，才是真正的勇者。」

聽完我和露緹的說法，蒂奧德萊思忖了一下。

那張表情逐漸柔和起來。

她將手放在傷口上，用魔法讓傷口癒合。

「吉迪恩，不，雷德。」

「什麼事？」

「我也能成為引導者嗎？」

「我沒有固有技能，所以妳想當的話，一定沒問題的。」

「是嗎……看來按照你說的去尋找勇者們、為他們提供指引，比因為神的誡命而與夥伴兵刃相向輕鬆得多啊。」

蒂奧德萊的目光落在斷掉的降魔聖劍上，注視著自己倒映在劍身上的臉龐。

那裡映照著一張神情恬靜的女性面孔。

就這樣，古代妖精遺跡的大戰就此落幕。

我們決定今天先休息一天，明天早上再啟程回佐爾丹。

第六章 圓滿結局之後

古代妖精遺跡的大戰結束後，我們回到佐爾丹的第二天早上。

「呼啊～～」

我打著呵欠，用毫無幹勁的表情打掃店鋪的外面。

「艾瑞斯那傢伙，竟然把店裡搞成那樣。」

我和莉特從遺跡回來後，就看到我的寶貝店鋪被砸得亂七八糟。

雖然我很憤慨，但莉特的怒火更嚇人。

不過始作俑者艾瑞斯已經被我砍死了。

莉特化憤怒為動力，明明剛經歷過一場激戰，卻又在佐爾丹東奔西走安排店鋪的修繕事宜。

「費用由我來出，一定要用最快的速度把店修好。」

看到莉特那沒得商量的表情，我只能閉上嘴點點頭。

安排完畢後，今天就要開始修繕。店鋪今天依然停業。

工匠們馬上就要來了，所以我才會在打掃外面。

「啊，下雪了。」

潔白的雪花從眼角餘光處飄過。

稀疏的雪隨著風在空中紛飛飄揚，遲遲不降落地面。

儘管應該不會積雪，但我覺得南方的雪也別有一番風情。

「哥哥。」

身後傳來呼喚聲。

我轉過頭，就看到露緹穿著一襲雪白的連身裙，戴著與衣服十分相襯的白色帽子站在那裡。

連身裙是和我一起在平民區買的。

那並不是魔法防具。

而且露緹的腰上也沒有佩劍，戒指或是護身符等戴在身上的魔法裝備現在也全都卸除了。

站在我面前的，只是一個隨處可見的平凡少女。

不過——

「哈啾！」

「妳這樣當然會著涼啊。」

即使是佐爾丹，在下雪天裡只穿一件連身裙，連外套都沒有罩上肯定會覺得冷。

「嘿嘿嘿。」

露緹打了個噴嚏，看起來卻很開心。

「很久沒有覺得冷了，好高興。」

「小心感冒啊。」

「我還沒有得過感冒。真期待第一次得感冒。」

我脫下外套，披在露緹身上。

「穿著吧，抱歉是男裝。」

「……好暖和。」

她像個普通少女一樣喃喃說了這句話，然後泛起盈盈笑意。

露緹並沒有失去「勇者」加護，「勇者」至今仍留在她體內。

然而，她體內的新生無名加護變成了「Sin」這個名稱。聽露緹說，準確來講那並不是加護。

當她接觸「Sin」時，沒有像接觸加護那樣感受到戴密斯神的存在。

也就是說，這並非神賜予的「加護」。萬一這件事傳到聖方教會耳中，那麼事情可就麻煩了。

「Sin」也不存在衝動。

這樣看來，「Sin」似乎沒有它的職責。

至於其他方面，「Sin」基本上和加護一樣，也有等級和技能。若想讓它成長，只要打倒擁有加護的對象就行了。

「Sin」的技能相當特殊，並不是提升等級就可以自由挑選，必須滿足條件才能取得技能。

露緹取得的是「支配者」，能夠在觸碰到對手之後讓加護技能失效或強制發動，是個很不得了的技能。

在這個加護占了戰鬥能力大半的世界，這個技能簡直強到犯規。

恐怕連傳說中的最上級惡魔君主們也不是露緹的對手。

不過對露緹來說最好的消息，應該就是這個能力也可以對自己發動吧。

現在露緹支配了自己的「勇者」加護，完全抗性和衝動幾乎都失效了。

「哈啾！」

「雷德、露緹，天氣這麼冷，你們打算在外面待到什麼時候啊？」

莉特擔心著一直不進家門的我們，於是也走了出來。

「雪花飄在空中真漂亮呢。可是要當心會感冒喔。」

「是啊。露緹，妳要吃完早餐再出發吧？我馬上去做，妳到屋裡等著吧。」

「嗯，好期待哥哥做的早餐。」

我們舉步走進家裡。

穿過玄關前，露緹與莉特再次回頭看向後方，戀戀不捨地眺望在空中飛舞的白雪。

*　*　*

大戰結束後，蒂奧德萊和亞爾貝立刻和我們分別了。

他們說要到對抗魔王軍的前線去看看。

「就此別過了。」

蒂奧德萊留下這句道別後，便再也沒有回頭。

露緹本來要把旅途中得到的裝備給她，但她表示：「未來妳自願參戰的時候或許會需要這些裝備。」因而沒有收下。

她應該不會再來佐爾丹了吧。

達南要在佐爾丹的療養所專心治療半年。他好像太過勉強自己，這下也不得不安分一陣子了。

至於戈德溫，我們放他自由了。露緹已經不需要服用惡魔加護了。而且這一戰能獲得勝利他也功不可沒。露緹想要答謝他的努力付出，決定對他犯下的罪行視而不見。

若是勇者時期的露緹，想必沒辦法做這種選擇吧。

戈德溫從露緹那裡得到充裕的旅費後，據說打算前往聖方教會影響較小的南方群島諸國。

「去群島諸國的話，因為惡魔加護而和聖方教會為敵的我應該也有辦法討生活吧。對了，我也在那裡開間藥店好了。」

戈德溫看著我這麼說完後，便露出了笑容。

＊　＊　＊

「今天的早餐是培根白豆番茄濃湯、剩餘的番茄做的披薩，以及鮮榨柳橙汁。」

「「我開動了！」」

早晨的餐桌變得比以往還要熱鬧。

「哥哥做的早餐總是那麼好吃。」

露緹笑咪咪地吃著早餐。

彷彿至今被勇者加護壓抑住的喜悅全都解放出來一樣，她很享受現在這個狀態。

「等一下要跟媞瑟一起去嗎？」

「嗯。」

露緹和媞瑟打算買下北區一座農場，在那裡種植藥草。

藥草固然有市場需求，但需要的種類繁多，單位面積產量又很少。

一般農戶都認為沒有效率而不去碰這一塊，只有露緹偏要嘗試挑戰種植藥草。

「我們要去尋找願意出售農場的人，我會加油的。」

沒想到有一天會看到露緹展現出這樣的表情。

過去被迫作為勇者而活的露緹，頭一次挑戰自己想做的事情。

身為兄長，我打從心底為露緹現在的轉變感到開心。

＊　＊　＊

「嗨，雷德！」

岡茲走進店裡。

「我知道你今天休假，可是坦塔感冒了。」

「要感冒藥是吧，你等我一下喔。」

我從集中放在櫃檯的完好藥品中拿出一週份的感冒藥裝進袋子裡。

「你妹妹的事情解決了嗎？」

「嗯，已經沒事了。」

我這麼說著，將袋子交給岡茲，他則露出放心的笑容。

「那真是太好了。之後要好好介紹給我認識啊。」

我沒有對岡茲解釋過情況，害他擔心了。

如同佐爾丹人的一貫作風，他大概也不會探究我們的過去。雖然他口風不太緊，但分得清楚什麼事是不能太過深究的。

即使如此，我還是想好好介紹我的妹妹。哪怕必須隱瞞她的勇者身分，我也要讓平民區的夥伴們知道我有一個叫做露緹的妹妹。

「好啊，下次大家一起出去玩吧。」

不只露緹，我也想把媞瑟和達南介紹給大家認識。

因為我們是並肩作戰過的戰友。

＊　＊　＊

下午——

我、露緹、媞瑟和達南來到位於佐爾丹中央區的教會。

「至高神戴密斯啊，現在，您座前的忠誠之子即將展開最初亦是最後的巡禮。他走過的人生將銘刻在『加護』之上，其罪孽也將與『加護』一同回歸您的身旁。如若他的『加護』功德圓滿，懇請您引導他進入涅槃界尼爾瓦納(Nirvana)；如若他尚未具備穿越尼爾瓦納之門的資格，在他重獲新的『加護』那一日之前，請讓您的忠誠之子——艾瑞斯的靈魂得以安息。」

語畢，祭司將香油滴在沉眠於棺木中的艾瑞斯臉上。阿瓦隆大陸上萬國共通的雪玫瑰香淡淡地擴散開來。

雖然很好聞，但由於用在葬禮的緣故，導致雪玫瑰的香油總是會讓人聯想到死者。教會在日常中也會使用，每個教會都有雪玫瑰的花壇，因此這也是造成這種花香留下刻板印象的原因吧。

說起來，相傳阿瓦隆大陸的詩人一生一定會創作一首關於雪玫瑰的詩。雖然我沒有吟詩的才能，但心中還是有所感悟。

參加的人只有我們四個，再加上神父和他的助手兩人而已。

以英雄的葬禮而言，這場送行可能太過寂寥了。

不過，躺在棺材裡的艾瑞斯沒有任何怨言，只是靜靜地閉著眼。

根據聖方教會的教義，生前犯下的罪行會記錄在「加護」中。將「加護」還給戴密斯神之際，罪行就會從當事人身上消失，再度作為純潔無垢的靈魂轉生到來世獲得新的「加護」。

然而，如果沒有遵循戴密斯神的教誨，也就是沒按照聖方教會的教義而活，戴密斯神就不會收回「加護」，讓背負罪孽的靈魂到「惡魔上帝」所在的七層地獄界賽本海爾茲(Seven Hells)作為奴隸永遠受折磨……這就是教義的說法。

祭司搖響了手中的鈴鐺。

「那麼，有請雷德先生。」

「好的。」

我遵照規矩，把一根木柴放進艾瑞斯的棺材裡。露緹、媞瑟和達南也分別放進一根木柴。

神父在最後又獻上一次祝禱。這是為了向戴密斯神傳達艾瑞斯是多麼忠誠的信徒。

「這樣葬禮就順利結束了。如各位所知，死後第七天將會舉行火葬，如果各位有意願，可以在當天再來見故人最後一面。」

「……不了，沒關係。」

儘管我猶豫了一下，最後還是拒絕了。

艾瑞斯好不容易才從戰鬥中獲得解脫，我想讓他安心長眠。

「我明白了。」

祭司面露微笑，搖了一下鈴鐺。如此一來，「賢者」艾瑞斯的葬禮便靜靜落幕。

加護是寄宿在所有生物上。

因此，艾瑞斯再也不會任「賢者」擺布了。

縱使我不同情他，依然希望他能夠在來世過著平靜的生活。

＊　＊　＊

離開教會後，太陽已經染紅，臨近地平線。

「呼～」

上次去服裝出租店租禮服的時候，是為了店鋪落成的慶祝派對。

這次則是夥伴的葬禮，讓我內心有股奇妙的感覺。

「哥哥。」

「怎麼啦？」

「對不起，讓哥哥自己承擔了一切。」

我摸了摸露緹的頭。

「謝謝妳為我擔心。」

我並不後悔殺死艾瑞斯。雖然不後悔，但坦白說，我至今依然覺得手刃夥伴這種行為，我不想再做第二次了。

「看來，我還是適合在佐爾丹這裡過著悠閒的生活啊。」

損壞的銅劍也還沒買新的，現在的我沒有佩帶任何武器。在艾瑞斯的葬禮結束之前，我實在提不起勁去買新武器。

「我終究也有所改變了啊。」

在佐爾丹展開慢生活的時候，儘管我會刻意避戰，但沒隨身帶著武器就會覺得心裡不踏實。

坦塔罹患白眼病，岡茲來向我求助的時候，我離開玄關時也佩帶了武器。

之所以帶銅劍而不是鋼劍，是因為我在極力抵抗一直沒有徹底改掉的戰鬥習慣。

「回去吧。」

露緹挽著我的手臂笑了笑。她的腰上也沒有佩劍。

我也回以笑容，然後我們像是尋常的兄妹一樣，漫步在佐爾丹的街道上。

在這個無處不是戰場的世界，不靠武器很難求生存。我準備明天就去買新的銅劍。

不過，我想要憑自身意志拿起武器保護重要的人，而不是受到「加護」驅使。無論是揮劍還是使用「加護」的技能，我都希望能保持自身意志。

與露緹並肩行走的同時，我腦中也一邊思考著這樣的事。

＊　＊　＊

兩天後的夜晚——

「終於整理好了啊。」

「是呀。」

我和莉特終於把遭到艾瑞斯破壞的店舖整理完畢。

包含安排艾瑞斯的葬禮和達南的住院手續在內，原本應該要花更多時間，但這都多虧了僱用的工匠們，還有露緹、媞瑟、岡茲、坦塔、米德、娜歐、紐曼、史托姆桑達、歐帕菈菈、艾爾、埃德彌、冒險者公會的朋友，以及沒值班的衛兵們等許多人們的幫忙才得以一一完成。

後來舉辦了宴會慶祝並向大家致謝，結束的時候我向大家介紹露緹是我妹妹，每個人又是驚訝又是歡迎，度過了一段和樂融融的時光。

其實剛才說的整理是指宴會的善後工作，被艾瑞斯破壞的部分已經在下午搞定了。

「唉～」

莉特嘆了口氣。自從看到店舖被破壞的慘況，她就一直這樣。

「要是艾瑞斯還活著，我一定要痛扁他報仇。」

莉特嘀咕著，還開始對著空氣揮拳。

我輕輕一笑，為她泡了一杯茶。

「來，喝完就去睡吧。」

「嗯。」

聽到我這麼說，莉特便順從地坐在椅子上喝茶。

她的情緒似乎終於平緩了下來。

「……床。」

「嗯？」

莉特望著手邊的杯子喃喃說道：

「我們的床被弄破了。」

「喔……對啊。」

貴族夫人經常會把祕密文件藏在床單裡面。

艾瑞斯似乎認定我出於某種目的和露緹有聯絡，所以就在尋找根本不存在的書信。

當然，假設我和露緹有書信往來，我和莉特也不可能把信藏在那種地方……艾瑞斯真的是急昏頭了。

「那可是我們的床耶……」

莉特的目光落在手邊的杯子，一邊這麼說道。

她的嗓音有些顫抖。

「莉特……」

莉特受到的打擊比我想像的還要大。

到底是怎麼了？

我坐到她旁邊。

莉特靠在我肩上，反常地用無力的聲音將事情告訴我。

「我晚上睡覺的時候，偶爾會感到非常不安。」

「不安？」

「我怕明天早上起床時你就不在了。」

「這怎麼可能啦。」

「可是，達南他……他很清楚你有多厲害。需要借助你力量的果然不只是我，還有大家。你是『引導者』，只要和你在一起，不管是誰都一定能獲得你的引導。」

「『引導者』可不是那麼了不起的加護啊。除了一開始加護等級就很高之外，它沒有任何固有技能，衝動也非常小，更沒辦法使用魔法和武技。」

「不，我覺得這些並不是加護原本的意義。最重要的不是技能也不是衝動，而是『你自己』。」

莉特凝視著我的眼睛。

「你的厲害在於你是『引導者雷德』。與這個加護一起走過的人生所塑造出的雷德，才是大家所依賴的存在。」

「是這樣嗎……」

「引導者」這個加護的職責是守護剛啟程的「勇者」。因此，它的衝動是必須保護「勇者」，但衝動的強度和加護的強度成正比，以致「引導者」的衝動很微弱。

所以，我並不覺得自己有受到加護的擺布，而且引導露緹以外的人也不該是我的職責才對。

不過，也許莉特說得沒錯。

我得到引導露緹的職責與力量，並為此努力了很久。

這份經驗同樣能幫助到露緹以外的人。

仔細一想，這也是理所當然的。

但莉特剛才那番話，在這個人生以加護為中心的世界是相當奇特的想法。

「我呢……很了解這樣的雷德。畢竟在洛嘉維亞的時候，你也引導了固執己見導致失敗而陷入絕望的我。但我可能太有自信了，滿心以為只有自己知道這一點。」

莉特注視著我，眼神動搖了起來。

「所以，當我聽說達南來到這裡……他一心想要打倒毀掉故鄉的魔王，卻不惜中斷旅行跑來找你，我這才發現原來大家都很了解你的能力……我很開心，可是也很害怕，因為我不是唯一懂你的人，這不就表示在你身邊的就算不是我也沒關係嗎？我的腦中都是這些念頭。」

「…………」

「我知道雷德想和我一起生活，也有感受到你的心意。即使如此，我還是害怕你會為了引導其他人而離開。在洛嘉維亞道別的時候我大哭了一場，用哭泣熬過內心的難受……但現在的我無法忍受你不在身邊。」

莉特伸出雙手牽起我的手，求助似的握住了它。

「這個家還有那張床，是我和你的歸宿，是我們在佐爾丹一起生活的回憶。所以看到它們被破壞得亂七八糟，我總覺得像是失去了你可以回來的地方……」

「妳錯了！」

莉特這番話讓我忍無可忍地反駁回去，語氣強硬得連我自己也是一驚。

看到莉特嚇得僵在原地，我感到很愧疚，但就算如此我也必須把心中的感情傳達給她知道。

「妳搞錯了，莉特。」

「搞、搞錯了？」

我從椅子上起身，在她面前雙膝跪地。

由於我個子比較高，平常和她站著相擁的時候，我的視線都會高於她。

不過，像這樣雙膝跪地的話，坐在椅子上的莉特臉龐就會高於我的視線。

「雷、雷德？」

我一語不發地伸手環抱感到困惑的莉特腰部。

接著，將臉埋在她的胸口用力抱緊她。

「我需要妳。」

莉特看來是在擔心我會因為其他人需要我而離開……但她錯了。

如同她需要我一樣，我也需要她。

「不管是這間店還是那張床，我之所以將它們視為歸宿，是因為這裡有妳在。我的歸宿是妳啊，莉特。如果沒有遇到妳，我大概早就放棄在佐爾丹的慢生活，接受達南的邀請了。少了妳，這裡就不會是我的歸宿。」

「啊……嗚……」

「還記得在佐爾丹重逢的時候，妳說我也有不知道的事和少根筋的部分嗎？」

「嗯，當然記得。和你說過的話我全都記得。」

「那時候，妳說正因為妳清楚我也有缺點，所以才會想和我在一起，沒錯吧？」

「嗯，我是說過……」

「我很開心，那是頭一次有人這樣說。」

我是「引導者」。

職責是引導剛啟程的「勇者」。就像莉特說的，這個能力應該也可以用來引導其他人吧。

但是，引導的對象變得愈強，我的能力就愈是派不上用場。何況我也教不了武技和魔法。

我絕對不只是上了艾瑞斯的當才放棄旅行。最大的原因在於，我知道自己不管再怎麼努力，遲早還是會迎來極限。

「因為我是『引導者』。在引導某人直到他成長得夠強之後就會離開。」

所以——

「我不可能和誰一直待在一起，每個人最後都會去到我無法觸及的地方。這就是我的職責。」

如果說「勇者」是總有一天會變得比任何人都強、誰都望塵莫及的加護，那麼「引導者」就是到頭來每個人都會棄自己而去的加護。

「可是，就算我被趕出隊伍，不再是能夠引導妳的英雄……明知我也有缺點，妳卻告訴我就是這樣才想跟我在一起。正因為經歷過那段拚命追趕大家的旅途，我才能找到自己的日常（莉特）。」

我使勁抱住莉特的身子，彷彿要抓緊她不讓她跑走一樣。

「……雷德。」

「這裡就是我旅途的終點。我可是遠比妳想像中的還要更喜歡妳啊。」

「…………！」

「所以，不管發生什麼事我都不會離開妳，更別說我也很害怕妳離開我。得知錫桑丹還活著時，我怕的不是沒辦法過著慢生活，而是妳為了獨自應戰而拒絕我。」

我感受到莉特的心跳在加速。她用力抱住了我的頭。

「雷德願意一直和我在一起嗎？」

「這是我發自內心的期望。」

我將自己的一切心意都傾訴給莉特。

「所以妳不要再擔心我會離開了。我就再說一次吧，我最喜歡妳了。」

「嗯……我不會再那麼想了。」

莉特的身體在顫抖。我聽到頭上傳來嗚咽聲。

「對、對不起，可是，不知道為什麼，眼、眼淚……就是停不下來。」

我們不知保持這個姿勢多久。

但這段時光很幸福。最後，莉特嘟囔一句說：

「我們都沒辦法一個人活下去，是不是都變弱了呢？」

「可能是吧。不過，慢生活不需要逼自己那麼堅強吧？」

「嗯。」

變弱也沒關係。或許，這個想法在這個無處不是戰場的世界是錯誤的。

可是現在，我和莉特非常幸福。

我不覺得這種心情是錯誤的。

「……我想去床上。」

聽到莉特那細若蚊鳴的聲音我抬起頭，看到她的臉蛋無比通紅。

「嗯、嗯，我……也想去。」

我這麼一說，莉特的臉就變得更紅了。

＊　＊　＊

夜深人靜，我和莉特面對面坐在床上。

床上鋪著史托姆桑達為我們準備的全新白色床單。

我們就這樣面對著彼此，沒什麼交談又坐立難安地不斷對上視線並再次移開。

我到底在幹嘛啊？連我也對自己感到傻眼。

莉特換上了睡衣，將前面的鈕釦從上解到第三顆。

所以本來應該看得到她敞開到胸口的肌膚，但她抱著枕頭，遮住了胸口和緊張抿起的嘴巴。

該怎麼說好呢，這種事到如今才掩飾害羞的動作真的好可愛。

「莉特。」

我下定決心，拉近距離直到彼此的膝蓋碰觸在一起。

「雷德……」

莉特也往我靠近。

我們的膝蓋錯開，莉特那柔軟又溫暖的大腿碰到了我的大腿。

光是如此，我的臉就滾燙了起來。

我朝莉特伸出手……

「那個，莉特，我可以拿掉枕頭嗎？」

「唔……就這樣脫吧？」

「咦、咦……這樣看不見手在哪裡耶。」

「你可以的！我也一樣在看不見的情況下幫你脫呀。」

既然她這麼說，那就沒辦法了。

我們隔著枕頭開始幫彼此解開睡衣上的鈕釦。

一般來說這不是什麼複雜的工作，但我碰到的柔軟觸感是莉特的胸部啊……要說沒有動搖那是騙人的。

反而因為看不見手的位置，意識更容易集中到觸摸著莉特身體的指尖上。

莉特的肌膚像絲綢一樣光滑。

舒服得讓我想要永遠這麼摸下去。

我情不自禁地用手指輕撫了一下莉特胸前的溝壑。

「呀嗚！」

莉特叫了一聲。她一吃驚，枕頭就從臂彎間滑落倒下。

從肩膀到胸口的肌膚全都裸露了出來。

莉特的身體真的很美，看得我深深著迷。

她臉蛋通紅，天藍色眼眸蕩漾著水光。

看到她那個模樣，我心中對她的憐愛之情便止不住地滿溢而出。不過在我動手之前，她就搶先採取了行動。

「討厭！這是回敬你的！」

莉特緊閉著雙眼，將雙手伸進我的睡衣裡。

她的手指撩過我的胸部和腹部。

一陣快感竄過背脊……但只有一開始而已，緊接著——

「唔，等一下莉特，很癢啦！啊哈哈哈！」

莉特也許是羞澀到了極點，她閉著眼搔起我的側腹。

她的手指可是能夠精準地揮動曲劍這種難以操使的大型武器，現在她將手指的靈活性發揮到淋漓盡致，一個勁地在我的側腹上搔癢。

「我不行了莉特！啊哈哈！」

「怎麼樣，投降了嗎！」

我搞不懂為什麼變成要我投降。

她大概也因為太過害羞，導致自己也搞不清楚在說什麼吧。

更要緊的是，我們的手都在彼此的睡衣裡，這個姿勢可不太妙。

再這樣下去……

啪！

「啊！」

在我癢到不行而扭動身體的瞬間，莉特睡衣的鈕釦就被扯落了。

睡衣直接敞開，莉特的胸部充滿彈性地蹦了出來。

她睜大眼睛，我的視線則緊盯著挪不開。

「…………」

「…………」

我們兩個都僵住了，只聽見壁鐘指針正在滴答作響。

「呀啊！」

莉特回神之後抱住了我。

的確，抱在一起就可以遮住胸部，但那股溫暖又柔軟的觸感緊貼在我胸前，讓我在各種原因下理性就快超出了極限。

「你看到了？」

「現在才問我有沒有看到嗎……很漂亮喔。」

「討厭啦！」

莉特雙臂使勁地抱緊了我。她身上的香味飄散開來，讓我心中的愛意漫溢氾濫。

回過神來，我也用力抱住了莉特。

「感覺光是這樣就滿足了呢。」

莉特在我懷裡用恬然陶醉的表情這麼說道。

「是啊……光是像這樣碰觸彼此，就會覺得很幸福呢。」

懷裡的莉特那雙天藍色眼眸凝視著我。

單是如此，就比獲得任何財寶都更有幸福洋溢的感覺。

「可是……」

莉特吻了一下我的脖子。

「這樣很幸福，但也好難受。」

她在我耳邊呢喃，一股快感襲上背脊。

我們放開彼此，拉開了距離。

接著，我們先走下床，面對面地站著。

這次不再隔著枕頭，就這樣沉默地脫起彼此的衣服。

當最後一件衣服從莉特身上滑落到地面後，從窗外灑落的月光，將莉特一絲不掛的模樣照得一清二楚。

「好害羞喲……」

莉特抱住自己的身體，用雙臂遮住了胸部。

總覺得這個動作非常嫵媚，反倒是我害羞了起來。

「你在偷笑喔。」

莉特看著害羞的我這麼說道，不過她臉上同樣深情款款地揚起了笑容。

「那個，呃……嘿！」

原本扭扭捏捏的莉特下定決心後，朝我撲了過來。

我接住她，同時澈底發揮雜耍技能的能力，讓我們維持相擁的姿勢落在床上。

（唔哇啊啊啊啊啊啊啊啊啊！）

我們同時在心裡大叫起來。

當然，沒有讀心技能的我不可能知道莉特心裡在想什麼……但是，我很確定剛才那一瞬間，莉特和我同時在心裡叫了出來。

我們其實還滿常擁抱的。

我現在依然覺得擁抱是幸福的時刻，但不至於到忘我的地步。

然而，像這樣直接碰觸肌膚又是另一種未知的體驗。

莉特的肌膚光滑細緻，摸起來舒服到幾乎令人上癮。她身上沁出些許汗水，鍛鍊得恰到好處的肌肉柔韌緊實，相當健美。

她的腿很修長，但大腿一帶很有肉感，腿一纏上來就可以感受到十足的密合感。

我的胸膛和莉特的胸部直接緊貼在一起，她的柔軟毫無保留地傳了過來。

金色的秀髮帶著一股很香的氣味。

有些急促的呼吸搔弄著我的耳朵。

她的後背到臀部呈現出優美的曲線，不過那條曲線上隱約殘留著小小的舊傷疤，應該是被箭射傷的吧。

從事冒險者的工作不可能毫髮無損。雖然魔法能夠讓傷口癒合，但偶爾還是會留下疤痕。

我用手指輕撫莉特背上的傷疤，她便顫抖了一下。就連這些傷疤都能令我感到如此憐惜。

我透過彼此碰觸到的所有部分來感受莉特的存在。

簡單來說……我現在幸福到不行。

幸福注滿了名為心的容器，幾乎快要滿溢出來。

「雷德……」

「莉特……！」

只是呼喚對方的名字，內心就震顫不已。

「我喜歡妳，我愛妳，我都不曉得怎麼樣才能表達出我對妳的喜歡。」

哎，真是的，連我也不懂自己到底在說些什麼了。

我這樣完全不行啊。

莉特像是難以自拔似的，睜著氤氳水氣的眼眸將臉湊近我。

我們雙唇交疊，莉特的味道盈滿了口腔。

感覺這一吻很長，但可能也沒有多長。

我以前當騎士的時候，為了配合突擊或奇襲的時機而訓練過時間感，不過那些東西全都不知道跑哪去了。

比起那種技術，我的一切都被眼前的莉特給占滿了。

「莉特，抱歉，我差不多要到極限了，也許已經忍不下去了。」

「這種事……我當然也一樣呀。」

莉特心焦難耐般的這句話，聽得我腦袋暈陶陶的。

這次由我再次吻住她，一邊親吻一邊撫摸起她的身體。

雙唇分離後，臉龐泛起紅潮的莉特情難自禁似的笑了笑。

「最喜歡你了。」

她這聲低喃，終於讓我的感情從名為心的容器中高漲溢出。

之後的事，自然不需要多說了。

＊　＊　＊

莉特依偎在我懷裡。

躺在床上的我們都一樣渾身無力。

我的內心太過滿足，以致一時半刻無法動彈。莉特肯定也是吧。

我們只是偶爾互相凝視身旁的對方，時而竊笑著將額頭抵在一起，時而輕啄似的親吻彼此……

「好開心……」

莉特將臉挨近我的胸口說道：

「和你一起的生活一直都很幸福……我原以為沒有比這更幸福的事了。」

莉特撫摸著自己的腹部，臉蛋一紅。

「感覺你好像還在這裡一樣，真的太幸福了。」

「我們今後會更幸福的。」

「是嗎？」

「當然啦。雖然我剛才說這裡是旅途的終點，但其實也是新旅途的起點啊。」

「那是什麼樣的旅途呢？」

「平穩卻又美妙的旅途。」

我閉上眼睛，想像著旅途繼續說道：

「我們一起在店裡工作，休假的時候一起出門，在春天的花田享用便當，在夏天的大海游泳，在秋天的楓葉下牽手，然後在冬天的雪景中再度相擁……到時候也會有新的家人吧，可能是男孩，也可能是女孩，日子一定過得既熱鬧又快樂。最後我們又變回兩個人，到那時或許會覺得平穩的生活有些寂寞。現在這個嶄新的店鋪也會變得老舊不堪，給嘎吱作響的門上完油之後，早上我們會像現在一樣開店營業。我們兩人總有一天也會徹底變成老爺爺和老奶奶，說不定到時候還要幫忙照顧孫子孫女。然後日子又熱鬧起來，雖然覺得辛苦，但也很開心……」

「這個旅途……聽起來真美妙呀……」

「嗯，是啊。我們攜手一起走到最後一刻吧。當這段旅途走到盡頭之後，我們還要將這句話再說一遍，『真是美妙的旅途（慢生活）』這樣。」

莉特起身，用天藍色的眼眸凝視著我。

「吶，莉特。」

「怎麼啦？」

一邊欣賞著她的美麗眼眸，我一邊問道：

「之前也問過了，妳喜歡哪種寶石？」

莉特壓上來抱住我。

「只要是你選的都好！你專為我挑選的寶石就是我最喜歡的！」

「我知道了。」

「那我就拭目以待嘍！我真的會非常期待喔！」

「但我沒辦法像以前冒險的時候找來稀有寶石就是了。」

「這跟稀有不稀有沒關係，我不在意寶石的價值和別人的評價。」

壓在我身上的莉特笑了笑，爽朗又開心地露出皓齒。

「畢竟那是連繫著你我的寶石，是任何傳說中的寶石都無法取代的寶物嘛。」

說完，莉特又吻了我。

在持續這個長吻的期間，我的心又熾熱起來。

無法再忍耐下去，一回過神，我又緊緊抱住了莉特。

＊　＊　＊

隔天——

外面下著雨。

「戒指啊……」

我把知道的寶石都列在記事本上，思索哪個最適合莉特。

佐爾丹的寶石需求量並不高。

若是中央那邊，當然從鑽石到大小不齊的珍珠應有盡有，無論高級品還是便宜貨都任君挑選。

但佐爾丹就不是這樣了。

這裡流通的只有旅行商人和水手們帶來的寶石，並不是隨時隨地都買得到形形色色的寶石。

「要跟貴族買嗎？不過，我也不曉得哪個貴族有哪種寶石啊。」

何況我的預算也不多。

「這樣一來，只能上山了嗎？」

去世界盡頭之壁的話，記得那邊有非常了解寶石的寶石巨人部落。

不然去找之前救過的住在世界盡頭之壁山腳的魔物祖各們商量看看好了。

「時間就選在冬至祭的夜晚吧。」

雖然很老套，但要送禮還是冬至祭的夜晚最好吧？

必須在那天之前準備好寶石把戒指做出來才行。

「欸，雷德，你偷笑個什麼勁啊？」

來躲雨的岡茲壞笑著問道。

我只淡淡回了句：「沒有啊。」

莉特應該再過一個小時就回來了。

想到這裡，我的嘴角就抑制不住地上揚了起來。

＊　＊　＊

露緹開始在佐爾丹生活之後，時間過得飛快，已經過了一星期。

「謝謝惠顧。」

我向買藥的客人彎腰鞠躬。

櫃檯下面擺著收在劍鞘裡的新銅劍。

雖然鍛造師莫格利姆跟我抱怨：「怎麼又是銅劍啊？」但不管怎樣，我就是對這個廉價武器充滿了留戀。

它可以說是我這個慢生活的決心與象徵。

「雷德，我送完藥了。」

客人前腳剛踏出，莉特後腳就回到了店裡。

她把空蕩蕩的藥箱收起來，然後坐到我旁邊。

同一時間，店鋪後側傳來小跑步聲。

「哥哥，院子裡的藥草我們都打理好了。」

是露緹和媞瑟。

從今天起到露緹的農園開張前，我都會教她們在院子培育藥草的方法。

今天我讓她們修剪一種叫做赤卵的藥草。

赤卵是不到一公尺高的灌木赤卵樹結的紅色果實，冬季會在葉子凋落後進入休眠。

這段期間要把樹枝剪掉以集中養分。只要留下三分之一左右的樹枝，其他都大膽地剪掉就好。

赤卵的收穫時期是初夏，而佐爾丹氣溫較高，收穫時期也提前了不少。儘管是一種藥草，卻是帶有茄子味道的植物，也會用來當作高級料理的食材。

它具有退燒藥的效果，能夠用來緩和哥布林熱等危險熱病的症狀。

這種藥草在佐爾丹的市場需求很高，不過野生的果實很小顆。將它培養茁壯的過程相當有趣，也很有成就感。

這是具有培育價值的藥草。

「辛苦妳們了，我等等再檢查，妳們可以休息一下。」

「……我也來幫忙。」

說完，露緹在我旁邊坐下，也就是跟莉特座位相反的另一邊。

「不要緊嗎？妳應該滿累的吧？」

「腳累的時候坐下來會非常舒服。」

露緹這麼說著，泛起了微笑。

接著，她挽起我的左臂，將身體緊緊挨了過來。

「唔！」

莉特為了對抗露緹而挽住我的右臂。

跟露緹不同的是，手臂傳來了波濤洶湧的觸感。

「哼唔唔。」

露緹看似不甘心地半垂著眼瞪向莉特。

莉特也不服輸地用從容的表情瞪回去。店裡一瞬間充滿劍拔弩張的氣氛，不過——

「噗！啊哈哈哈哈！」

露緹和莉特同時噗哧一聲，開心地放聲大笑起來。

「妳們在幹嘛啦？」

我一邊苦笑，一邊瞇眼感受著露緹散發出的恬然氣息。

在這裡的並不是莉特曾用「可怕」一詞來形容的「勇者」，而只是一名叫做露緹的平凡少女。

「這種情況下，我該怎麼搭話才好呢？」

媞瑟看著我們，半帶無言、半對露緹的幸福模樣感到高興地這麼說道。

她肩上的憂憂先生也敲了敲她的肩膀，似乎很開心看到露緹的變化。

叮鈴鈴！

店門口的鈴鐺發出一陣大響。

「露、露露小姐！」

衝進來的是冒險者公會的職員梅格莉雅小姐。

「我們接到了緊急委託！從世界盡頭之壁下來的食人魔集團占領了村莊……前去處理的C級冒險者也被他們抓起來了！」

露緹放開我的手臂站起身。

「我知道了。」

見到露緹點了點頭，我便將她放在銅劍旁邊的劍遞過去。那是上面開著洞的哥布林大劍。

「哥哥，我去去就回。」

「好，注意安全喔。」

佐爾丹唯一的B級冒險者畢伊目前下落不明，由露緹和媞瑟這支小隊填補了空缺。

不過，這終究只是她們的副業。

在佐爾丹當局來詢問意願時，露緹以藥草農園有空閒時才幫忙作為附加條件，答應讓他們將自己升為B級冒險者。

她作為冒險者所使用的名字是「露緹・露露」。

她和我不同，不習慣平時就使用假名，所以最後還是讓外人叫她露露，親近的人則叫她露緹。

露緹只在平常穿的衣服上套了一件鑲有鐵片的戰甲外袍。

儘管穿這種防具絕對稱不上萬全的準備，但露緹似乎決定要用這種不會過於以戰鬥為重的穿著風格來從事冒險者工作。

她已經不是「勇者」了，再也不會出現強迫自己去幫助他人的衝動。

不過，這並不表示露緹就會對有難的人視而不見。

一開始，她看起來對於幫助他人這件事還是有所猶豫。

但是我跟她說：

「好不容易才獲得了自由，別再被勇者束縛住，盡情去做妳想做的事情吧。」

她聽完如釋重負，決定當一個想幫就幫、不想幫就不幫的冒險者。

「我覺得露緹大人確實是勇者。她現在是憑自身意志應戰的勇者，而不是出於加護賦予的職責。」

「是啊。」

我點頭同意媞瑟的說法。

這就是露緹的慢生活。過著不受「勇者」束縛的勇者慢生活。

那颯爽離去的背影，已經不會再受到任何人左右了。

「露緹！等妳回來後我做點妳喜歡吃的。妳想吃什麼？」

我出聲一問，憑自身意志踏上人生道路的少女便轉過頭。

「我想喝蜂蜜牛奶。」

這麼答完，我的妹妹露出了極其自然又可愛無比的笑靨。

「勇者」獲得了救贖。

真是可喜可賀。

但露緹的故事還沒有結束。

因為今後要度過的日常才是她所期望的。

她接下來要展開自己的慢生活。

尾聲
勇者的慢生活

一睜開眼睛，眼前就是妹妹的可愛臉蛋。

「早安，哥哥。」

「早啊。」

我並不驚訝，這在以前旅行的時候是常有的事。

那時候的露緹晚上閒著沒事做，似乎一整晚都盯著我的睡臉看。

我曾建議她可以看看書之類的，但她反駁說明明不想看書卻因為無聊而硬逼自己看書是不對的。

於是，在不會吵醒我的情況下，晚上就任由露緹自由行動了。

在昏暗的帳篷中，坐在我旁邊的露緹身子微微前傾，整晚都盯著我的睡臉……這個畫面光是想像就覺得……

太可愛了！

畢竟，她可是一直注視著我的臉耶！一想到她是如此依賴著我，胸口就湧起一陣溫熱，再想到她一整晚都陪在身邊，我就覺得內心很平靜，應該能作個美夢。

當我把這件事告訴媞瑟和憂憂先生之後，他們看起來非常震驚。

在這之後的兩個小時左右，媞瑟的動作都僵硬得像是作工粗糙的魔像，不知到底是怎麼了。

「哥哥。」

「啊，抱歉，我好像有點睡迷糊了，現在就起來。」

我一坐起身，露緹就輕快地閃到一旁。

「昨晚妳把睡眠抗性恢復了嗎？」

「嗯，想說很久沒看到哥哥的睡臉。」

我看向窗戶，外頭是昏暗的冬季佐爾丹晨景。和平常一樣的時間。

我請莉特去比較遠一點的村莊採辦藥草。她昨天在那裡住一晚，今天傍晚左右應該就會回來。

本來這件事是我要做的……

「哥哥，謝謝你遵守約定。」

露緹開心地說道。

我之前和露緹約好今天要帶她參觀佐爾丹城裡的港區。

但偏偏在那天發現了能夠取代血針菇的珍貴藥草……不如說是發現了植物型魔物「食蛇草」的群生地。由於造成了災情，冒險者可能會接到委託，不過這樣一來它們恐怕會被燒得一乾二淨。

我想在那之前打倒並將它們帶回來……但又和露緹有約在先而陷入兩難，結果莉特就主動說她可以代替我去。

「那麼，偶爾在外頭吃早餐如何？」

「雖然我最喜歡哥哥做的料理……不過佐爾丹的料理我也很感興趣。」

我心中高興，不由得笑了起來。

竟然能從露緹口中聽到「感興趣」這句話。

我溫柔地撫摸起露緹的頭，她先是愣了愣歪起腦袋瓜，接著便感到很舒服似的瞇起眼睛。

＊　＊　＊

佐爾丹的港區鄰接著河川。

令人困擾的是，佐爾丹人都不曉得那條河叫什麼名字。我想那條河在木妖精時代應該是有名字的。

聽半妖精老長輩說，他們祖父母那一輩似乎是以米字開頭的名字來稱呼那條河。但看來河川也會因時地不同而被冠以各種稱呼。

朝陽照耀的河川、夜晚的漆黑河川、夏天的燦亮河川和冬天的澄澈河川，好像都有不同的名字。

這是木妖精這支種族的文化，他們認為萬物皆會輪迴，河川也會隨著日子和季節的改變而變成截然不同的存在，並非總是同一條河。

相對之下，移民至這片土地建立佐爾丹這個國家的人們，只是將它稱作「河川」。儘管河川對人類而言也是賜予莫大恩惠的存在，但名字是作為區分之用，佐爾丹人只要知道「河川」指的是什麼就足夠了。

雖然木妖精們如今已經滅絕，我還是想跟他們聊一聊。

縱使木妖精們不在，河川仍留存至今。而我們人類如果少了河川也無法活下去。

「我們能享用這道蒸烤狗魚也都是拜河川所賜。」

港區餐廳的客群是港口的工人和水手，大部分的菜色都是馬上就能端上桌的魚湯。不過，我們來的這家餐廳是停泊船隻的船長及航海士會來休息的地方，所以也有提供很正式的早餐。

狗魚用高湯蒸過，更凸顯河魚特有的清爽滋味。此外還有醃泡洋蔥作為配菜，醋與洋蔥也別有一番好風味。

麵包選的也是柔軟的白麵包，一大早還能喝到葡萄酒。

「真好吃。」

露緹津津有味地享用著料理。能合她的胃口真是太好了。

「說到港區嘛，我帶妳去逛逛船舶品市集吧，然後再去租一艘遊艇。」

「遊艇？」

「對，這裡有租船的地方，我們坐著遊艇從河上欣賞佐爾丹的景色吧。」

「就我和哥哥一起坐遊艇……」

露緹微微垂下頭，嘴角稍微勾起弧度，嘻嘻地輕聲笑了出來。

「真的真的好開心。」

露緹抬起頭這麼說道，雙眼綻放著光采。

＊　＊　＊

有船進港的時候，船舶品市集就會熱鬧非凡。不過，今天只有旅行商人繞完上游村子回來的划槳船進港，所以很冷清。

「喲，藥店老闆。」

一道聲音叫住了在市集散步的我們。

朝我搭話的是一個長相可疑的男人。這個男人叫做帕斯奎雷，是港區的居民，主業是仿造飾品的工匠，副業是航海士。他的小腿上有很多傷疤，但不探究移民者的過去是佐爾丹不成文的規矩，而我也不打算過問。

「怎麼，搞外遇喔？你不是已經有英雄莉特了嗎？」

「她是我妹妹啦，叫做露緹．露露。」

「哦？你還有妹妹啊？長得很可愛嘛。」

「順便告訴你，她是新的B級冒險者，敢對她出手可不是只有被打個半死而已。」

「不是吧，英雄莉特也好妹妹也好，是怎樣？你的加護難道可以創造出英雄嗎？」

我不禁苦笑起來。雖然沒猜中，但很接近了……吧？

「最好有那種加護啦。所以呢，你叫我幹嘛？」

「沒啦，我本來以為你在約會，看看這些，是不是很適合送給女朋友啊？」

說著，帕斯奎雷指了指眼前一字排開、各種鑲嵌著寶石的耳環和頭飾。

「這全都是仿造品啊，用玻璃做的吧？」

如果他賣的飾品是真貨，我倒可以考慮在他的店買要送給莉特的戒指。

「是沒錯啦，但很漂亮不是嗎？每一個可都是我真心誠意雕琢出來的傑作呀。」

「你該不會想敲我竹槓吧？」

「對熟人不會啦。我會按照材料費和手工費開給你一個公道價的。」

「唔～」

不過……我瞥了露緹一眼。

她正安靜地注視著陳列的飾品。

露緹簡單來說就是大財主。她在冒險中得到過各種傳說中的財寶，也會把從魔王軍那裡搶來的物資賣掉。

她手上的財寶價值高得離譜，憑佐爾丹的經濟規模根本難以收購……換句話說，她擁有的資產可以輕鬆輾壓佐爾丹的國家預算。

佩利銀幣一樣多得數不清。

她這麼有錢，送玻璃珠給她實在不太好意思。雖然她現在身上沒戴飾品，不過她其實有五花八門的魔法飾品，像是祕銀耳環，以及用極為罕見又美麗的赤空隕鐵打造的皮帶釦等。

但這時候——

「哥哥……」

「嗯？難道妳想要嗎？」

「嗯……最便宜的就好，我想要。」

這樣啊……

「好，那就挑個最適合妳的當作禮物吧。」

「嗯，哥哥要送我禮物了。」

露緹臉頰泛紅，既開心又羞澀。

之後，我和試圖逼我買更貴飾品的帕斯奎雷經歷一番攻防戰，最終買下一對作工尤其精細的耳環送給露緹。

＊　＊　＊

我們乘坐的是一根桅杆上掛著三角帆的小型帆船。

雖然沒風的時候需要手動划槳，但一個人就划得動。

這種船沒辦法載貨，速度也不快。

不過，畢竟是用於河上觀光的船，功能已經很足夠了。

「這樣就行了吧。」

我調整風帆以減少風阻。

帆船慢悠悠地逆流而上。

「那麼，我們來吃飯吧。」

我打開紙袋，裡面裝著在攤販買的炸白身魚和炸番薯。我和露緹慢慢品嘗著佐爾丹的小吃，不時發出讚嘆聲。

「北區那邊有個攤販賣的是一種叫做章魚燒的外國料理，雖然味道很不錯，但離港區太遠了。」

「我們可以下次一起去吃。」

「好啊，那下次休假的時候就去北區逛逛吧。」

「嗯。」

我和露緹坐在迎風前進的帆船上，眺望著緩緩流逝而去的佐爾丹街景。

「好幸福喔。」

露緹說道。

「我沒想到有一天能夠像這樣再次和哥哥一起生活。也沒想到會交到媞瑟、憂憂先生和莉特這樣的朋友。」

露緹直勾勾地凝視著我。

「謝謝你，哥哥。今後你也可以一直陪在我身邊嗎？」

以前她問我這個問題時，我因為當時加入了巴哈姆特騎士團，沒能給她一個答案。

但現在不同了。我的目標是過著慢生活。

「可以啊，只要這是妳的期望。我會永遠陪在妳身邊喔。」

我這麼回答後，露緹的眼眸顫動一下，緊緊握起了拳頭。

「嗯！」

然後，她笑著點了點頭。

＊　＊　＊

兩天後——

我、莉特以及露緹又來到了山上。

不過今天不是來戰鬥的，而是像平時一樣採藥草。

拜艾瑞斯那傢伙把店裡破壞得亂七八糟所賜，保存的藥草被毀掉了不少。

至於媞瑟和憂憂先生，我請他們幫忙顧店了。

「這就是白莓。我想妳應該知道這是魔法藥水的原料，但結成果實的模樣是第一次看到吧？」

「嗯。」

我順便趁這一趟教露緹一些藥草知識，畢竟她之後打算開藥草農園。

住在佐爾丹大概沒辦法提升「勇者」的等級。現在才要把技能點數分配給能夠分辨常見藥草的技能「生存術」是一樁難事。

因此，我決定教她學習辨識藥草的特徵。

更何況技能雖然可以正確辨別藥草，但無法獲得如何辨別這種果實是白莓的知識。學到了知識才能舉一反三。

「這邊是長得很像白莓的莓果，叫做灰莓。雖說一點也不灰就是了。和白莓擺在一起之後，妳看得出它們之間的些微色差嗎？」

「嗯。」

「如果使用通用技能『生存術』，這種莓果只會判定為不是白莓，被當成毫無價值的雜草，但其實這種莓果可以做成對蚊蟲叮咬很有效的藥膏。」

「原來是這樣嗎？」

「妳回想一下，以前旅行的時候，我們在森林和沼澤地前進時，手腳和脖子不是都會塗藥嗎？」

「所以就是那個藥啊。哥哥真的好厲害。」

區區小蟲子的叮咬根本傷不了現在的露緹。

但我在這裡教她的知識，並不是為了讓她學起來之後像以往那樣作為「勇者」拯救世界，而是要讓她能夠單純以露緹的身分活下去。

露緹臉色認真，卻又有些雀躍地聽我講解。

「雷德你的表情也一樣喔。」

「咦？」

人在後方的莉特將裝滿藥草的籃子放下，對我這麼說道。

看到我吃驚的模樣，她笑著繼續說：

「你在調合藥的時候也是，都會露出這種認真與雀躍並存的……非常棒的表情。不愧是兄妹，你們真像呢。」

「唔。」

我用手摀住了嘴巴。

見狀，莉特用方巾遮住嘴竊笑起來。

「哥哥和莉特笑的時候動作也很像。」

露緹用略帶不滿的表情回敬莉特這一句。

莉特睜圓眼睛，然後臉蛋一紅，用方巾把臉藏得更深了。

「唔……」

露緹盯著正在笑的我，伸手拉開自己的嘴巴，看來是想模仿我笑起來的模樣。

我們停下勞動的手，看著彼此的臉歡笑了一陣子。

後來，我們暫時兵分兩路，採了四個小時左右的藥草。

「到了。」

我和莉特去谷底那條日照不足的小河採集生長在周邊的息肉菇，結束後又爬回了原本的地方。

「露緹？」

這時候，我們就看到採滿一籃白莓的露緹正閉著眼睛，靠在樹幹上沐浴著陽光打起盹來。

「這還是第一次看到啊。」

她竟然毫無防備地打著瞌睡。

可能是等我們回來的時候，這不像冬天的溫暖陽光讓她犯睏了吧。

這是「勇者」不需要的無意義行為。

然而，露緹呼吸平穩地入睡的這個瞬間並非毫無意義。這是我一直希望她能夠擁有的瞬間。

「畢竟今天天氣很好嘛。」

說完，莉特也在附近的樹根處坐下。

「是啊，確實是好天氣。」

我也坐下來仰望藍天。

現在應該才剛過三點吧。

站在樹枝上看著我們的斑點鶇「啾啾！」地發出啼叫。

我朝斑點鶇豎起食指放在唇上。

「我妹妹在睡覺呢。」

但牠歪了歪腦袋後，這次從樹上飛下來，當著我們的面「啾啾！」地叫道。

接著，牠彷彿在問「我的歌聲如何？」似的挺起了毛茸茸的胸膛，害我忍不住笑了起來。

好和平啊。真的很和平……

當我也打起盹來時，又在察覺到動靜後睜開了一隻眼。

只見一頭鴞熊慢吞吞地從草叢探出頭來。

牠的體型還很小，用人類來比喻的話，大概就是十五歲左右的孩子吧。

那隻鴞熊像是在徵詢同意似的注視著我，我則使了個「請自便」的眼神。

牠靜靜地繞到露緹背後。

以魔物來說，牠還真是懂規矩啊。

接著，鴞熊叼起倒在露緹背後不遠處山坡下的一具高達五公尺的山巨人屍體後，把牠拖向了遠方。

山巨人想必是襲擊了獨自採集藥草的露緹，結果慘遭反殺了吧。

大概是從世界盡頭之壁下來的魔物。

「真是和平啊。」

察覺到鴞熊的氣息已經走遠，我再次閉上眼睛。

＊　＊　＊

翌日，佐爾丹——

雖然過著寧靜的日子，但這天晚餐卻很熱鬧。

達南今天跑來吃晚餐了。

他之前身受重傷，全身都纏著繃帶，短時間內連起身都有困難；不過現在已經復原到可以自由行走的程度了。真不愧是達南。

我招待露緹、媞瑟和達南吃完晚餐後，將收拾餐具的工作交給莉特，一個人獨自仰望著夜空。

「喲。」

背後傳來聲音。是達南。

「真美味耶，果然還是你做的菜好吃。」

「謝謝誇獎。」

「要是重回旅行就吃不到了呢，真可惜啊。」

「所以你休養好了還是要走嗎？」

「是啊。畢竟我呢，已經立誓絕不放過毀滅我故鄉的魔王了。」

「這樣啊。」

儘管這陣子還見得到他，但也只有半年左右吧。

放棄戰鬥的我，和「武鬥家」達南要走的路是不同的。

「對了，雷德。我腦袋不好，一直想不通……這次的事情，感覺有太多疑點了。你一定也有發現吧？」

「……沒錯，為什麼錫桑丹還活著？為什麼他知道神・降魔聖劍的存在，而且在尋找那種劍？」

蒂奧德萊也有告訴我，錫桑丹所持的劍是初代勇者的祕寶。蒂奧德萊跟達南一樣，還特別提醒我這次的事情有哪裡不太對勁。

而最大的疑問在於——

「為什麼神・降魔聖劍會有五把？」

「對。」

神・降魔聖劍是全長一公尺左右的長劍。

不用說，人類和妖精都只有兩隻手。就算是二刀流，有兩把就足夠了。

為什麼那種劍會足足有五把？

「……總不會是備用的吧？」

「我不覺得神明會那麼慷慨。」

由神賜予的傳說之劍，除了降魔聖劍之外，也有在傳說或神話中登場的武器，每一把都是絕品，從沒聽說過還會給備用的武器。

「按露緹從錫桑丹那裡聽到的說法來看……恐怕是……」

或許，那五把神・降魔聖劍並不是多出來的，而是「少了一把」。因為有一把被第二代勇者拿走了。

「我覺得實際上有六把，因為這樣『數量就對得上』了。」

沒錯，六把剛剛好。

＊　＊　＊

暗黑大陸，地下世界安達迪普(Underdeep)。坐落於此的阿修羅國度「阿修羅格舍德拉」，其首都魔王城。

巨大的身影坐在王座上，那是一個站起來身高超過五公尺的巨人。

那六條手臂與身軀構成理想中的戰士精壯肉體，面容浮現憤怒之色，額上有寄宿著火焰的第三隻眼。

憤怒魔王泰拉克遜——攻打阿瓦隆大陸的魔王軍之王，亦是阿修羅惡魔的大戰士。

泰拉克遜消滅了原本的憤怒魔王拉斯惡魔族，是奪取他們地位的篡位者。

他像是在尋找什麼似的動著四隻手臂。至於其餘的兩隻手臂，則維持在胸前結印的手勢一動也不動。

隨後，光芒在他腳邊匯聚起來。

光芒愈來愈多，聚成巨大的光團，接著化為形體，擁有了質量。

最後，那團光變成了阿修羅惡魔——錫桑丹。

錫桑丹一副習以為常的模樣，向泰拉克遜垂首下跪。

俯視著他的魔王停下手上的動作開口道：

「噢，勇者啊。你竟然死了，真是不中用。」

阿修羅們並非戴密斯神的造物，不會進入靈魂輪迴的洪流之中。

他們的靈魂每次都會回到阿修羅王身邊，然後再次轉生為同一個阿修羅。

阿修羅原本絕不是強悍的種族。世界從前到處都是「Sin」的時候，阿修羅的勇者們曾無數次遭到擊敗而死亡。

但是，阿修羅會從失敗中學習，再失敗就再學習，無論被殺多少次都不死心地繼續奮戰，最後他們終於殺死了「Sin」的王。

這份不屈意志及存在形式才是所謂的「勇者」。這即是阿修羅們的哲學。

「你這段時間就去取回失去的力量吧，勇者錫桑丹。」

「是！」

錫桑丹用力頷首。即使是阿修羅，一旦死亡還是會失去魔力和鍛鍊起來的身體等許多力量。

然而，敗北能給予他們勇氣去取得更勝以往的強大力量。因此，沒有一個阿修羅會畏懼死亡與敗北。

（必須更勤加鍛鍊才行。）

想起露緹那一擊，錫桑丹對那股破壞力感到敬畏。

自己是否有辦法達到那種境界？這條路遙遙不知盡頭，但對於不死不滅的阿修羅而言，沒有比這更令人開心的事了。

錫桑丹垂著頭，嘴角因喜悅而扭曲上揚。

＊　＊　＊

佐爾丹西部，越過國境之後的官道——

戈德溫正坐在路邊的草叢上做著炖菜。

「今天午餐就吃醃菜和燉肉乾吧。」

湯只有用鹽調味。

他已經很久沒有做過這種野炊料理了，老實說看起來並不好吃。

「唉，我不久前還在當畢格霍克的左右手過著好日子啊。」

戈德溫用湯匙嘗了一口試味道，結果嘴巴裡只有一股鹹味。

他嘆了口氣。

「就算要去群島諸國，首先也得找個商隊或商船啊。想辦法讓他們僱用我當護衛，錢和三餐都有著落，就能悠哉地過日子了。」

戈德溫如此嘀咕著，這時耳邊傳來一大群人從遠處沿著官道前進的聲音。

他是越獄犯。

儘管這裡已經出了佐爾丹，還是有被認出來的風險。

戈德溫用水撲滅了篝火。

接著，他抓起鍋子蓋上鍋蓋，蹲進草叢裡躲了起來。

朝這裡接近的是三輛馬車組成的商隊。

戈德溫認得牽著韁繩的馬夫，那是經常來佐爾丹的商人。

（這下麻煩了。）

撲滅的篝火還在冒煙，他手上的鍋子也散發著湯的氣味。

自以為是地覺得沒有人會走這條通往佐爾丹的官道可能是一大失策。

最重要的是，那個商人應該很恨他，這讓戈德溫臉上失了血色。

那是久遠的往事了。戈德溫還是盜賊公會的底層嘍囉時，曾因為公會的命令而去阻撓過那個商人的生意。

（他一定很恨我吧，大概也還記得我的長相。）

萬一對方發現了，他肯定會被送到衛兵手上。

戈德溫原本很著急，卻忽然想起行李袋裡的小瓶子。

（對了，莉特有給我隱身藥水。）

或許是在那之後的情況太過混亂，也或許她根本不在乎區區一瓶魔法藥水，總之這瓶藥水就這樣放在他身上沒被要回去。

戈德溫立刻打開行李袋，一口氣喝光瓶子裡的綠色液體。

他的身形、穿著的衣服還有行李都一起消失了。

（這下就安心了。）

他鬆了口氣，又想起這個藥水無法消除聲音，便用雙手摀住嘴巴。

商隊很快就離他愈來愈近。

戈德溫保持透明的狀態，蹲在草叢後面。

有兩名騎在馬上負責保護商人的戰士。

他們發現生火的痕跡，騎著馬警戒起周圍，但似乎沒發現變得透明的戈德溫。

神色略顯不安的商人從戈德溫面前經過。

（很好！）

戈德溫在心裡握拳叫好。

但下一瞬間，他眼前的草叢晃了晃。

「咦？」

草彷彿有生命似的纏住戈德溫，將他的身體綁起來。

（這、這是怎樣？）

戈德溫慌了，商隊的護衛們也吃了一驚。

馬車停下，從裡面走出一名女性高等妖精。

高等妖精的眼眸明確地看向理應變透明的戈德溫。

「草木可不像我們一樣用眼睛看東西，所以隱身藥水是騙不過我的朋友們的。」

「妳、妳這傢伙，這個能力難道是『木之歌者』嗎！」

戈德溫死命掙扎，但綁住他身體的細草卻宛如鋼鐵鎖鏈一般紋絲不動。

「為什麼你要躲起來？我們看起來像山賊嗎？」

「我、我只是為了以防萬一。畢竟一個人旅行是很危險的。」

「為此不惜用掉魔法藥水嗎？」

「我這人就是這麼謹慎啦。」

「但看起來不像呢。」

高等妖精目不轉睛地看著戈德溫。

注意到高等妖精乘坐的馬車停下，商人們也往這邊看了過來。戈德溫感覺背上流下了冷汗。

「這條路只通往佐爾丹共和國吧？你莫非是從佐爾丹來的？」

「我、我也不清楚……欸，我什麼事都沒做吧！我一個人又做得了什麼？快點把我放了！」

「這個嘛，那你回答我一個問題。」

「什、什麼問題啊？」

高等妖精彎下腰，緊盯著戈德溫的眼睛問道：

「聽說佐爾丹有個名叫莉特的冒險者，她身邊是不是有個黑髮的年輕人類男子？」

戈德溫立刻明白她指的是雷德。

（自從和那傢伙扯上關係之後，真是一件好事都沒有啊……）

戈德溫在心裡咒罵著。

以佐爾丹的基準而言，除非是特例，否則戈德溫有自信實力不會輸給任何人。但自從和雷德扯上關係後，這個想法就消失得無影無蹤了。他深刻反省，這就是所謂的井底

之蛙。

但是……

（就算這樣，也用不著把一頭巨龍扔進小井裡吧。）

他在心裡向神明如此抱怨。

當戈德溫在思索如何回答才能脫離這個險境之際，朝這裡走來的商人便出聲向高等妖精問道：

「亞蘭朵菈菈小姐，發生什麼事了嗎？」

這個名叫亞蘭朵菈菈、過去曾是勇者夥伴的高等妖精轉頭看向商人。商人背後是綿延不絕的官道。

這條路的前方就是佐爾丹。

後記

非常感謝翻閱本書的各位讀者！我是作者ざっぽん。

本系列順利出到第四集了，這都是多虧了各位讀者的支持！

想到這個故事的時候，我原先構思的結局就是這本第四集的內容。被趕出隊伍的雷德、牽掛著雷德卻沒有成為夥伴的莉特，以及被迫作為「勇者」而活的露緹。

藉由雷德被逐出隊伍後展開的邊境慢生活讓三人獲得幸福，便是這部《因為不是真正的夥伴而被逐出勇者隊伍，流落到邊境展開慢活人生》最初的故事架構。能夠將至今為止的內容順利地呈現給大家，我真的非常開心。

那麼，雖然已經寫到了一開始構思的結局，但故事還會繼續走下去，畢竟主題是慢生活嘛。

在可喜可賀地獲得幸福之後，登場人物們的後續生活也是這個故事不可缺少的一大

看點。

雷德和莉特兩人會如何展開幸福的生活？

開始踏上自己人生的露緹，如何以一名女孩子的身分過生活？

我還想寫一些以殺手媞瑟和她的好友憂憂先生為主題的故事。

我會努力將精采的故事呈現給各位讀者，今後也請大家繼續支持雷德他們的故事！

我目前正在撰寫預定於2019年秋季發售的第五集原稿。本集最後登場的她，預計在第五集會有很多戲分。

而關於第五集，我有一個消息要告訴各位讀者。

那就是，第五集除了一般版外，確定要推出附廣播劇CD的特裝版了（**註：本文所指的皆為日本當地的販售狀況**）！

廣播劇的腳本也是由我撰寫的全新故事。對故事的構想大概是以雷德、莉特和露緹三人為主的佐爾丹平和日常，以及與加護有關的小小冒險。

當然，難得有機會請來配音員演出，我準備把雷德和莉特的戀愛戲也寫進腳本中。想像著什麼樣的情境搭配人聲才會更有心動的感覺，這讓我陷入快樂的煩惱中。

再來，預計除了廣播劇之外還會同時收錄特典語音！

特典語音收錄的是莉特晚上睡覺時鑽入被窩，幸福滿滿地甜蜜放閃的情境。我會全力構思劇情，讓大家能透過特典語音體驗到雷德平時所感受到的幸福日常。
附廣播劇ＣＤ的第五集特裝版數量有限，預購就確定一定買得到。有興趣的話，請大家務必去預購！
希望大家能連同第五集一起期待廣播劇ＣＤ。

這次能將第四集送到大家手中，同樣少不了各方人士的協助。請允許我借這個場合致上謝辭。
本作的責編宮川編輯，我真的很開心與您一同創作的本系列能出到這麼多集！
一直為本系列繪製精美插畫的やすも老師，這次不只是封面，還有很多戰鬥場景及誘惑場景等難度很高的插畫，但這次的插畫還是一樣高水準！非常謝謝您！
然後是本書的設計人員，非常抱歉每次都要勞煩您花心思把冗長的書名完美地放進封面。正因為有您的協助，才能讓身為書籍門面的封面展現出魅力。太謝謝您了！
校正人員每次都能幫忙找出大量需要修改的地方。若這些地方沒改掉就出版那真是不堪設想！真的非常感謝您。
印刷廠的各位、裝訂廠的各位、負責行銷的各位、書店的店員們，以及其他與本書有關的所有人士，正因為有大家的鼎力協助，本書才得以出到第四集，非常感謝大家！

最後，翻閱本書的各位讀者、從第一集開始追到現在的讀者、從漫畫版過來的讀者，還有從網路連載就一直支持著我的讀者，沒有各位就沒有這本書的存在，真的非常感謝大家！

下次是第五集！雷德等人的故事將繼續發展下去，我們下次再會！

2019年　寫於春月半隱雲中時　ざっぽん

大家好，我是やすも。
這次的故事內容非常刺激精彩，
高難度的插畫也很多，但我畫得很過癮！

與盟友亞蘭朵菈菈重逢，
嶄新的平穩生活與騷亂——！

因為不是真正的夥伴
而被逐出勇者隊伍，
流落到邊境展開慢活人生

Banished from the brave man's group, I decided to lead a slow life in the back country.

異世界悠閒農家 1~5 待續

Kadokawa Fantastic Novels

作者：內藤騎之介　插畫：やすも

天空之城突然對大樹村宣戰！
火樂與大樹村發生重大危機！

大樹村上空突然出現一座飛天城堡——「太陽城」，一名背上帶有蝙蝠翅膀的男子占領村子，並向火樂等人宣戰。火樂一如往常使用「萬能農具」解決了危機；然而，真正的危機現在才要開始！為了壓制「太陽城」，大樹村召集精銳，開始發動總攻擊！

各 **NT$280~300/HK$90~100**

LV999的村民 1~8（完）

Kadokawa Fantastic Novels

作者：星月子猫　插畫：ふーみ

LV999的村民最後到達的境界——
拯救所有世界，打敗迪米斯吧！

鏡被迪米斯轟得無影無蹤，眾人心中只剩下絕望。但是他們並沒有放棄……因為不放棄就是在絕望之中找到希望的唯一方法！毀滅的時刻正步步進逼，爬升到等級極限的普通村民，將會拯救所有絕望的世界！

各 **NT$250~280/HK$78~93**

國家圖書館出版品預行編目資料

因為不是真正的夥伴而被逐出勇者隊伍，流落到邊境展開慢活人生 / ざっぽん作；Linca 譯. -- 初版. -- 臺北市：臺灣角川股份有限公司, 2021.02-
冊；　公分. -- (Kadokawa fantastic novels)
譯自：真の仲間じゃないと勇者のパーティーを追い出されたので、辺境でスローライフすることにしました
ISBN 978-986-524-244-2(第 4 冊：平裝)

861.57　　　　　　109020413

Kadokawa
Fantastic
Novels

因為不是真正的夥伴而被逐出勇者隊伍，流落到邊境展開慢活人生 4

(原著名：真の仲間じゃないと勇者のパーティーを追い出されたので、辺境でスローライフすることにしました 4)

2021年2月8日　初版第1刷發行

作　　者：ざっぽん
插　　畫：やすも
譯　　者：Linca

發 行 人：岩崎剛人
總 編 輯：蔡佩芬
編　　輯：彭曉凡
美術設計：李思穎
印　　務：李明修（主任）、張加恩（主任）、張凱棋

發 行 所：台灣角川股份有限公司
地　　址：105台北市光復北路11巷44號5樓
電　　話：（02）2747-2433
傳　　真：（02）2747-2558
網　　址：http://www.kadokawa.com.tw
劃撥帳戶：台灣角川股份有限公司
劃撥帳號：19487412
法律顧問：有澤法律事務所
製　　版：巨茂科技印刷有限公司
ＩＳＢＮ：978-986-524-244-2